MW01714825

ILS S'AIMAIENT

DU MÊME AUTEUR

Aux Éditions Grasset

L'AMI, *roman.*
LA KERMESSE AUX IDOLES, *essai.*
AVENUE DES DIABLES-BLEUS, *roman.*
CHEMIN DE LA LANTERNE, *roman*, prix Interallié 1981.
LE KIOSQUE À MUSIQUE, *roman.*
MES RAYONS DE SOLEIL, grand prix de la Littérature sportive 1987.
LE RUBAN ROUGE, *roman*, prix Jacques Chardonne 1991, prix du Sud — Jean Baumel 1992.
LA CHANSON DE MARIA, *roman.*
MES PORTS D'ATTACHE.

Aux Éditions le Comptoir

LE ROI RENÉ : LA PASSION DU VÉLO, *essai.*

Aux Éditions Julliard

L'OBSTINÉ, *roman.*
LE GREFFIER, *roman.*

Aux Éditions Jean-Claude Lattès

COCTEAU-MORETTI : L' ÂGE DU VERSEAU, *essai.*
DORA, avec Jean Michel, *document*, prix littéraire de la Résistance 1975.

Aux Éditions Denoël

ENTRE CHIEN ET CHAT, avec Jean-Pierre Desclozeaux.

Aux Éditions Glénat

LA CÔTE D'AZUR VUE DU CIEL, avec Bernard Giani.

Aux Éditions Arthaud

VILLAGES PERCHÉS DE PROVENCE ET DE LA RIVIERA, avec Cuchi White.

Aux Éditions Romain Pages

PRINCIPAUTÉ DE MONACO, collection « Intime Europe ».

Aux Éditions de l'Archipel

SA MAJESTÉ LE CHAT, *essai.*

Au Livre de Poche

L'AMI, *roman.*
AVENUE DES DIABLES-BLEUS, *roman.*
CHEMIN DE LA LANTERNE, *roman.*
LE KIOSQUE À MUSIQUE, *roman.*
DORA, *document.*
MES RAYONS DE SOLEIL.
LA CHANSON DE MARIA, *roman.*

Aux Éditions Gilletta

ALPES-MARITIMES.

Louis Nucéra a obtenu

Le Grand Prix de Littérature 1993 de l'Académie française
pour l'ensemble de son œuvre.

En 1996, pour l'ensemble de son œuvre également,
Le Prix Pierre Mac Orlan lui a été décerné.

LOUIS NUCÉRA

ILS S'AIMAIENT

roman

BERNARD GRASSET

Tous droits de traduction, de reproduction et d'adaptation
réservés pour tous pays.

© *1998, Éditions Grasset & Fasquelle.*

A Philippe Laurent, en reconnaissance.

Aux innocents malmenés.

C'est toujours la première fois
quand ta robe en passant me touche.

Louis ARAGON.

Il va sans dire que toute homonymie relève du hasard notre maître.

I

Depuis la veille, ce n'étaient que communiqués de guerre. Les autoroutes des vacances étaient saturées, des déviations mises en place. Radios, journaux, télévisions signalaient des accidents, des incidents, des actes assez voisins de ceux qu'inspire la folie. Comment demeurer sain d'esprit quand on croupit des heures dans une voiture transformée en gastéropode alors qu'elle a été conçue pour l'ensorcellement d'un siècle voué à la vitesse ? Des gosses hurlaient ; des femmes en oubliaient la grâce ; des hommes lançaient gros mots et blasphèmes, grinçaient des dents, mâchaient et remâchaient leurs moustaches s'ils en portaient. Lèvres rentrées, œil assassin, des pères distribuaient des gifles. Elles n'apaisaient personne. Les cris redoublaient. Où l'on augurait paroles de détente et d'amour familial, grondaient paroles de rage. A l'âge où l'enfant se cherche des modèles, il ne faisait pas là profitable moisson. On avait même vu des croyants douter de la bonté de Dieu, des voyages de noces précipiter des divorces, de petits hommes, frêles, tout en front, bréchet provocant, vouloir faire le coup de poing comme de vulgaires fiers-à-bras. L'été tant attendu, l'idée de vacances qui stimulent la richesse d'imagination si naturelle à l'espèce humaine viraient au cauchemar. Certains étaient partis pour admirer la mer, les bateaux, les étangs, les montagnes, les forêts bruissantes du chant des oiseaux, les étendues de blé et de luzerne ; d'autres pour se repaître des villes, de leurs monuments et, qui sait ? des mystères et des perversions de leurs nuits. Otages de la route, ces impatients ne voyaient le monde qu'entre un coffre arrière et un capot, qui, par intermittence, se déplaçaient de quelques centimètres. On bafoue les illusions avec moins que ça.

Bastien Bongiovanni écoutait le bulletin d'informations et commentait in petto ce qu'il entendait ; vieille habitude déjà. A l'amorce d'une « pub », il coupa la radio. Il était plus de 7 heures. Il caressa Pitchounette installée sur ses genoux, la posa avec délicatesse sur une chaise placée tout exprès à son côté. Il débarrassa et nettoya la table sur laquelle tous deux venaient de prendre leur petit déjeuner (Pitchounette, la chatte, boule noire aux yeux verts, avant lui), ralluma le gaz, prépara un plateau.

Dix minutes plus tard, le thé infusé, le pain grillé, il entrait dans la chambre où Florence faisait mine de sommeiller.

— Madame est servie.

Un rite. Il se tenait debout devant sa femme, déférent, attendait qu'elle redressât ses oreillers. Puis il calait le plateau devant elle. Elle beurrait le pain, le remerciait pour la gelée de fruits qui remplaçait depuis peu la confiture qu'un régime alimentaire lui interdisait.

Florence aimait le regard qu'il posait sur elle. Des élans de tendresse en éclairaient la profondeur. Elle y lisait la certitude qu'il serait toujours là pour la protéger à condition, bien sûr, que la maladie ne le privât de force. Nul n'est à l'abri, n'est-ce pas ? La rumeur des oiseaux de mauvais augure a le mérite de mettre en garde contre un optimisme irréfléchi. Cette rumeur ne délaissait jamais Florence. Etait-ce sa faute à lui ? Elle surprenait souvent sur son visage cette tristesse que le rire s'emploie à combattre. Et Bastien adorait rire ! De choses subtiles comme de plaisanteries plus épaisses. « Ça me lave ! » ironisait-il. Un jour qu'elle lui reprochait d'abandonner son masque de gaieté pour une désespérance de chemin de croix quand il ne se croyait pas observé, il confessa : « Pardonne-moi, j'étais avec les morts. » Il eut beau prendre un air espiègle, l'aveu la meurtrit. Elle savait pourtant que Bastien avait trop conscience du pire pour ne pas souffrir et s'insurger, comme on dégaine en cas de légitime défense, contre le flot invincible qui emporte toute vie. Il en est ainsi de certains êtres. Très jeunes, sans déguisement, sans trompe-l'œil, l'effroi du néant les escorte. L'ultime épouvante de la mort paralyse même en eux le nécessaire recours au rêve. Mais comment s'arrangeait Bastien avec lui-même pour toujours entreprendre et paraître si fort ? Comment réussissait-il à mettre en déroute l'à-quoi-bon ? Par la dynamique de quelle contradiction ? Il estimait que les raisons de vivre ne sont pas très convaincantes. Mais, avec zèle, flamberge au vent, il s'attelait à des tâches, s'obstinait, se multipliait, se dévouait, étudiait comme s'il avait des devoirs à rendre à un professeur rigoureux sans pour autant perdre de vue que l'essentiel échappera toujours à l'homme et qu'il faudra, de toute façon, plier bagage. Oui, comment être si double, si divers, comment concilier l'inconciliable ? Et que cherchait-il dans son ardeur et sa détermination ? Un tuteur où s'appuyer ? Une consolation ? Les interstices par où les dégoûts s'évaporent ? La source d'eau vive qui régénère ? Les malaises de l'âme lui accordaient alors du répit. Il faut bien se raconter quelques histoires.

Que présumait-il des pensées de Florence tandis qu'il la regardait ? Il n'y réfléchissait pas. Pour l'heure, il n'était qu'amour. Vibrait en elle quelque chose d'ailé, de fragile, d'inquiet, de pathétique : une musique du cœur qui depuis les premiers instants, d'ailleurs, le requérait. Ses gestes étaient des caresses ; son visage d'une infinie douceur ; sa démarche légère. Foulait-elle les nuages ? Il l'avait rencontrée durant une randonnée. Un ami l'avait invité. Bastien ne connaissait personne sauf cet ami : Gabriel. Des gens qu'il croisa, ce jour-là, il ne garda nul souvenir. Mais Florence entra dans sa vie, pour ne la plus quitter. Il se souvenait : quel spontané, étrange et violent soulagement il avait ressenti quand il avait constaté qu'aucun chevalier servant ne l'accompagnait ! Avant l'aube, le groupe s'était mis en chemin. Le silence de la nuit amplifiait le moindre bruit. Par une sorte de respect envers ce silence, si l'on avait un mot à se dire, instinctivement, on le murmurait. La rosée parfumait l'air qu'on respirait. Quand les ombres battirent en retraite devant le lever du soleil, Saint-Dalmas-Valdeblore, d'où l'on était parti, était loin. Alentour, ce n'était que paix : la montagne sait se montrer débonnaire tout en gardant ses mystères et sa force.

On marcha près de trois heures pour atteindre le premier des cinq lacs des Mille-Fonts, « le lac Petit », le mal nommé, car il est le plus grand. Au creux du chœur des montagnes, il ajoute à la majesté du lieu.

Par les sentiers, Bastien s'était retrouvé plus souvent proche de Florence que de Gabriel qui se divertissait du manège. Une difficulté à franchir ? Il lui prenait le bras qu'elle ne retirait pas. Ecrit-on encore aujourd'hui des vers inspirés par l'amour ? Les glisse-t-on, troublé et craintif, dans la main des filles ? Les écrit-on comme lorsque les femmes n'étaient pas occupées à singer l'homme ? En révérence aux vieux âges, se souciant du ridicule comme d'une guigne, Bastien s'y serait bien exercé sur-le-champ. C'est que les coups de foudre brusquent les manœuvres amoureuses, userait-on de pratiques désuètes. Florence était en harmonie avec la beauté des choses et elle devait fréquenter chez les anges. Rien en elle qui sente l'artifice. Ni lourdeur, ni pose. Voilà ce qu'il se disait tandis qu'il flottait dans les espaces éthérés qu'elle fabriquait. S'empressaient en lui, avec une fougue juvénile, ces sentiments qui, de toute éternité, gouvernent les cœurs. Il n'était pas prédisposé aux grands mots. Cependant, en ces heures, le mot bonheur s'imposait à son esprit.

La montagne était verte et dorée. Le soleil exécutait son fortissimo. L'herbe à vache, la camomille, les minuscules fleurs bleues du thé des montagnes embaumaient. L'âme de la nature s'exhalait par ces parfums. Florence posa son sac d'excursion, se déchaussa, dégrafa sa jupe, son chemisier, s'avança vers les scintillements du lac et plongea sans hésiter. Il essaya de la suivre. Ses orteils l'en dissuadèrent. Voyant sa grimace, elle éclata de rire. « L'hydrocution me menace », souffla-t-il. Elle nagea peu. Quand elle sortit de l'eau, ce fut comme une apothéose de jeunesse ; une minute d'enchantement unique. Son maillot majorait le rêve que l'on a de l'autre sexe. Leurs compagnons les épiaient-ils ? Le surent-ils jamais ? Ils étaient seuls au monde. Plus tard, Gabriel déclara qu'il méritait son prénom. Il était un archange. En guise d'annonce à Marie, n'avait-il pas présenté Bastien à Florence, Florence à Bastien ? On apprit bientôt que tout avait été méticuleusement organisé. La préméditation n'est pas toujours condamnable.

A présent, rideaux ouverts, le soleil envahissait la chambre. Pitchounette selon l'habitude avait sauté sur le lit, goûté à un minuscule bout de beurre qu'elle mastiqua comme si le morceau était d'importance, lissa son poil puis étendit ses pattes avant arquées comme celles d'un cavalier. Dans cette position, elle ne quittait plus Florence des yeux.

— Sais-tu ce qu'est la beauté ? demanda Bastien.

— Oui, je connais les chats, chuchota Florence.

C'était une de ces matinées de juillet où la lumière est aussi franche qu'en hiver. Le mistral de la veille avivait les couleurs. Le ciel, purifié, était royaume de féerie. La mer, d'un bleu dur, était apaisée. Au loin, très loin, deux éminences, l'une plus haute que l'autre, figuraient un navire fantôme à l'ancre. Par quel phénomène de réflexion la Corse était-elle visible de Nice et ses environs ? Parfois, dans leurs excursions en montagne, Florence et Bastien l'avaient aperçue, tôt le matin, de hauts sommets comme le Cayre-Gros, qui culmine à 2 000 mètres. Cent quarante kilomètres, pourtant, séparent la frange du comté de Nice de l'île que l'on pressent les yeux bandés quand on l'approche car elle fleure bon le myrte. Devant ce miracle, Bastien se sentait enclin aux effusions mystiques. Les sages et les fous des déserts savent l'influence des réverbérations. Vers midi, les brumes de chaleur atténueront contours et reliefs : l'horizon sera davantage gommé, mer et ciel fondus dans les tonalités crayeuses dont l'été est prodigue. Mais quand Florence, avec une innocence enjouée, abandonna le lit et rejoignit Bastien contre la vaste baie vitrée grande ouverte, on distinguait, aussi nettement que si les distances étaient abolies, d'un côté l'Italie jusqu'à la baie de San Remo, de l'autre l'Estérel et les Maures alors que persistait l'illusion de la Corse.

« Quelle chance nous avons », fit Florence.

Pendant combien de temps, spécula intérieurement Bastien, combien de temps encore à sentir la bonne odeur de ce corps, à se délecter de ses lèvres, à voir les trois lettres du mot « fin » prendre la poudre d'escampette devant les trois autres du mot « vie » ? Toujours cette dualité en lui, térébrante. Il se sentait ivre d'allant et au fond de sa conscience la voix corrosive qui grinçait : « C'est perdu d'avance. »

« Quelle chance nous avons », redit Florence.

Cette maison aussi était un miracle. Florence et Bastien l'avaient découverte, se baladant au-dessus du col d'Eze. Ils avaient arpenté le plateau de la Justice où se dressait autrefois le gibet des seigneurs de l'endroit et où une plaque indique « Plateau de la Justice. Voie sans issue ». Ils étaient ensuite revenus sur leurs pas pour s'engager vers le parc de la Revère. La marche ne leur apportait que volupté : celle que donnent l'effort physique et les merveilles rencontrées. C'était le printemps. La nature avait bonne haleine. La pente avait été d'abord si raide qu'ils avaient l'impression de s'élever comme s'ils volaient à bord d'un hélicoptère. Ils étaient partis de la Basse Corniche et du chemin que Friedrich Nietzsche prenait souvent quand il habitait Nice. S'il imagina, en ces parages, la dernière partie de son *Zarathoustra*, n'imagina-t-il jamais que le chemin, un jour, porterait son nom ? Florence et Bastien avançaient, s'arrêtaient, repartaient. Ils avaient envie de chanter l'immensité, l'oxygène, les fleurs, la terre, les dieux, les muscles, les cinq sens, les joies simples. En bas, la mer moirée, au prisme inlassable. Plus haut, à droite, à gauche, le déploiement des monts et des vallées, les indomptables aridités du Sud, la grande fête d'un ciel lumineux traversé de rares escadrilles de nuages qui invitent aux métaphores. Devant, quand ils se retournaient et regardaient vers le large, le nid d'aigle d'Eze, la presqu'île du cap Ferrat, le port de Beaulieu, la rade de Villefranche avec la citadelle qu'Emmanuel Philibert, dit « Tête de fer », vingt-huitième prince de la dynastie de Savoie, édifia comme il fit construire le fort du Mont-Alban, enraciné et dominateur, à droite. Sous leurs pieds, la garrigue, la rocaille à la fois chauffée à blanc depuis le commencement des temps et craquelée, fendue, éclatée par les vents et les gels des nuits d'hiver. Des arbres aussi, parce que la forêt est têtue et qu'avec l'aide de quelques hommes elle essaie de garder des territoires que d'autres hommes, les incendiaires, ravagent.

Quand la ruine leur apparut, un promeneur était auprès d'elle. Il fixait un moignon de cheminée noirci et les restes d'un cadran solaire qui, depuis belle lurette, avait perdu son index infaillible. Sur une pierre était gravé ce mot : « Chut ! » Sans doute le nom de la maison : précis, affranchi d'illusions, un rien hautain. « Chut ! » Le temps en avait exaucé l'esprit au-delà de toute espérance. Des lézards palpitaient au soleil. Mouettes et goélands disputaient en agitant leurs ailes et redevenaient muets en planant comme si les figures qu'ils dessinaient exigeaient application sans qu'il y paraisse.

Le promeneur se tourna vers les arrivants, pinça

la calotte de son chapeau de paille qui ne se souleva que du côté de la nuque. Sous des sourcils broussailleux, il avait des yeux gris. Une moustache blanche cachait sa lèvre supérieure. Ses joues étaient creuses, ses gestes vifs. Il y avait longtemps que sa jeunesse s'était enfuie, mais l'énergie habitait fermement son long corps, sec, bien charpenté. Si la vieillesse c'est la lassitude, il la narguait. Les pattes-d'oie aux coins de ses yeux se plissèrent davantage : il montra un voilier qui croisait le bateau en route pour la Corse.

— Esplendide ! fit-il, la main en visière.

A l'instar des vieux Niçois de l'enfance de Florence et de Bastien, il prononçait le *s* devant les consonnes. Escaphandrier, escarlatine, esport, esparadrap, espectateur, escarole. Sa peau cuite et durcie était celle d'un homme plus familier du grand air que des atmosphères confinées. On devinait le coureur de sentes, habitué des solitudes, qui, mis en confiance, se livre. Il faisait même bonne mesure. Parfois le trop-plein de silence étouffe ; Bastien connaissait cela. Fut-il séduit par ce je ne sais quoi d'envoûté qu'avait Florence devant la beauté du paysage, l'accueil qu'elle lui fit avec sa délicatesse de sensitive ? Il parla de son métier de bûcheron dans les Abruzzes, de sa venue à Nice où il travailla d'abord comme manœuvre avant d'être maçon puis contremaître dans une entreprise. « Je suis arrivé ici en 1930. J'avais quarante ans et Mussolini *al culo.* »

Il essaya de traduire son émotion quand il restait là, face à cette ruine baptisée d'une syllabe suggérant l'essentiel : « Chut !... » Peut-on rêver plus belle épitaphe ? Il raconta qu'il y venait souvent et qu'il y reviendrait tant qu'il pourrait marcher sans fatigue. Il se plaisait à imaginer la maison quand elle avait un toit, des murs, du linge qui séchait, de la vaisselle, des odeurs, des bibelots et, à l'écart, une basse-cour et des ruches. Il imaginait ceux qui y habitaient. Sans la quitter, ils devaient voir l'univers. L'air que l'on respirait aujourd'hui était imprégné de leur souffle, de leur croyance, de leur rire, de leur combat pour créer ce coin de paradis. A certains moments, il avait l'impression de les faire revivre. Il les animait. Par lui, des choses mortes remontaient à la surface de la terre. Ces gens-là étaient sûrement des gens de liberté. Ce sentiment intense le possédait quand il sillonnait ces parages si proches du luxe de la Côte, de la grand-ville, du rocher de Monaco, de l'aéroport où à chaque minute se posaient ou décollaient des avions, tout cet espace peu distant à vol d'oiseau de la voie ferrée au trafic sonore selon la direction des vents, et pourtant si isolé. Là, on dominait l'agitation du monde. Pour dire liberté il disait *libertà*, pour lieu *luèc*, pour émotion *commozione*, pour proche *vicino*, pour toit *tetto*, pour luxe *lousso*, pour ruine *rouïna*, pour côte *couòsta* : un *mesclun*, quoi ! Un mélange ! Florence et Bastien connaissaient nombre d'immigrés italiens semblables au bûcheron des Abruzzes. Lisant peu ou pas du tout, c'est phonétiquement qu'ils apprirent à s'exprimer dans la langue de leur pays d'adoption. L'aventure se compliquait à cause du « nissart », si usité alors sur les chantiers et dans les quartiers populaires. De surcroît, comme ils pratiquaient, entre eux, selon leurs origines, davantage le piémontais, le calabrais, le génois, le napolitain, le sicilien, les parlers de Città di Castello ou de Piacenza que l'italien unifié du Risorgimento, il était difficile pour le non-initié de les comprendre. Cet espéranto fait du brassage de quatre idiomes ne rebutait Florence ni Bastien. Oui, ils les comprenaient et les aimaient ces Italiens très pauvres qui, petit à petit, à coups d'efforts inouïs, s'installèrent dans une nouvelle vie. Ils les aimaient d'autant plus que leurs grands-parents étaient de cette trempe : ceux de Bastien venaient de l'Ombrie, les autres d'un petit village du Piémont. Ils n'avaient jamais perdu la maîtrise d'eux-mêmes. Ah, ça non ! Pour eux, le progrès ne consistait pas à imiter ce qui était le mal dans ce qu'ils découvraient mais ce qui était bien. Ce n'est pas la pente la plus aisée. Chez qui bannit de son univers caprices et superflu, la tâche est facilitée.

Le bûcheron des Abruzzes s'appelait Gino Del Fiore. Quand ils se quittèrent cet après-midi-là, ils promirent de se revoir. Ils tinrent parole. Nous étions au milieu des années soixante.

Gino Del Fiore admettait mal qu'on ait déserté semblable logis. Il marquait son désaveu par quelques jurons. *Porca pétan* et *porca loca* étaient ses favoris. Combien d'années avait-il fallu pour métamorphoser un lieu magique, où chaque centimètre de terre et de ciel était splendeur, en un éboulis de pierres, de tuiles, un amas de bois pourri ? Pourquoi cette dépouille d'un cataclysme qui n'aurait frappé que là ? Quels démêlés avec la vie avaient eus les propriétaires ? Etait-ce un incendie qui avait tout dévasté ? Un mini-séisme ? Le pouvoir des ruines est de parler à l'oreille et au cœur des hommes. Elles mêlent fables et vérités. Elles méditent des secrets. Que chagrin, voire désolation, pénètre leur voix n'ôte rien au plaisir que l'on a à les entendre. On s'invente parfois des vagues à l'âme et des désespoirs moins honorables. L'homme se donne beaucoup de mal pour verser quelques larmes. Cela fait partie de ses menus ravissements.

« Si je n'étais pas si vieux, lançait Gino fréquemment, cette maison je la rebâtirais. » Il finit par être trop vieux. Lors de l'été 1973, il cessa de prendre sa voiture qui le conduisait au-dessus du col d'Eze à proximité du fort de la Revère, de l'Astrorama et du centre-école pour chiens d'aveugles. De là, il avait peu à marcher pour rejoindre le but de sa promenade. Quand Bastien proposa de l'y mener, il refusa. Lui qui avait tant patrouillé dans la haute montagne avant de se rabattre sur des contreforts plus limitrophes, s'épuisait vite. Bientôt, le lever du matin lui fut tourment. Il entendait la mort ricaner son refrain : « Ce n'est que partie remise. » « J'ai fait mon temps », confiait-il à Bastien qui lui rendait visite quand son travail le permettait. Un soir, il lui prit la main, le pria d'embrasser Florence et le supplia de lui dire : « Adieu. » Il voulait mourir sans voir la détresse de ses deux amis. De l'imaginer suffisait à son fardeau. Par bravade, une petite flamme vive alluma son regard. C'est la dernière image que Bastien retint de Gino. Le surlendemain il était dans cet abîme où nous courons tous. Il avait quatre-vingt-trois ans. « Il est possible qu'il ait suspendu lui-même sa respiration jusqu'à ce qu'il ne puisse plus la récupérer », commenta le médecin.

A son enterrement, il n'y avait que son neveu, Romuald (instituteur dont il était fier), Florence et Bastien. A s'énamourer d'une ruine, on ne se fait pas beaucoup de relations.

Gino Del Fiore en allé, Florence et Bastien crurent d'abord qu'ils ne vagueraient plus aux environs de la maison écroulée. Mais l'oubli n'est pas à la portée de tout le monde. Ils pensaient à Gino. Mettre leurs pas où il aimait tant flâner était un excellent moyen de parler de lui.

— Et si nous accomplissions son vœu ? lança un jour Bastien.

C'était encore une matinée de vent, là-haut, en surplomb de la Grande Corniche et de la pointe de Cabuel. Comme Florence et Bastien ne faisaient qu'un, l'aventure se mit à souffler à l'unisson dans leur tête. Le mistral est favorable aux égarements. L'idée eut tôt fait de ne plus leur paraître saugrenue. La ruine devait reprendre vie. Mais comment l'acquérir, obtenir les autorisations pour reconstruire ? Après beaucoup d'acharnement, l'homme a réussi à se rendre maître de l'eau et du feu ; il a su s'enrichir de pain, de sel, de vin, dompter le fer et la pierre, sonder neutrons et protons, greffer des organes. Se frayer un passage dans le labyrinthe des paperasses se révèle affaire plus tracassière. L'issue se dérobe. La pesante vitalité de l'apathie pousse au renoncement. Florence et Bastien ne capitulèrent pas devant des fonctionnaires qui, par disposition d'esprit ou fonction, chicanaient ferme. Chacun donne un sens à sa vie comme il le peut. Un an de démarches, de siège, de requêtes, de stratégies subtiles ou hypocrites, et l'emplacement de « Chut ! », avec le petit terrain attenant, leur appartint.

Bastien Bongiovanni était fils de Marseillais et petit-fils de Pérugins venus se placer sous la protection de Notre-Dame-de-la-Garde. Le grand-père, Firmin, était sculpteur, fondeur et mouleur d'art. Blond, rougeaud, des épaules à décourager les insolents, il mesurait près de deux mètres. De ses mains, il aurait pu étrangler un bœuf mais il préférait les travaux raffinés. Il n'avait pas son pareil pour évider les pièces de bronze afin qu'elles fussent les plus légères possible. Il employait la technique dite de la cire perdue. Chaque pièce nécessitait un nouveau moulage. Se fiant aux apparences, on penchait à lui prédire longue vie. D'autant que l'angoisse et lui n'étaient pas nés sous le même signe astral. Mais la mort refusa de l'ignorer plus que la décence aurait dû l'y contraindre. Elle le frappa subitement au cœur et l'emporta alors qu'il fêtait sa quarantième année. Son épouse, Pauline, fut la seule à n'être pas surprise. Les constellations et les rêves l'instruisaient des menées du Destin. Elle vit d'abord dans un miroir le visage foudroyé de Firmin ; puis, la nuit suivante, ce miroir fut voilé, volé et jeté dans un puits. Quand elle voulut le repêcher, ce fut impossible. Des étrangers le lui interdisaient. Ils encerclaient la margelle, puisaient de l'eau, la répandaient sur le sol en ricanant et en dansant. Cette succession de cauchemars et d'obstacles donnait à n'en pas douter un blanc-seing au terrible. Le souverain seigneur de toutes choses s'apprêtait à frapper. Il frappa. L'absence de surprise n'exclut pas la douleur. Aux terreurs primitives des superstitions succéda l'accablement.

Firmin fut inhumé avec les honneurs de la ville où il débarqua tout gosse. N'était-il pas membre de l'académie des Beaux-Arts ? Mais les honneurs ne nourrissent pas indéfiniment la veuve et l'orphelin. Surtout quand le disparu, s'il savait interpréter selon un goût très sûr ce qui s'offrait à son regard, n'avait pas la bosse du commerce. Alexandre, fils de Firmin et de Pauline et futur père de Bastien, avait sept ans le jour des obsèques. Pour lui, Pauline se saigna aux quatre veines.

Alexandre ! Elle avait choisi ce prénom car la couronne en était le symbole et le sens de la grandeur caractérisait l'être qui le portait. Une flopée de brochures qu'elle consultait le lui apprenaient. Défier le hasard, devancer l'imprévu appartenait à son art de vivre. Jamais elle ne cessa de choyer ses intuitions, d'interroger les signes du zodiaque, de composer avec les avertissements du ciel ou encore de recourir à des remèdes de bonne femme irrécusables : le verre d'eau sur la tête de celui qu'une insolation assomme, les deux cuillerées à café de graines de lin mises la veille à reposer dans un verre d'eau et bues à jeun au réveil afin de disperser la constipation, la lame du couteau placée entre les deux yeux et qu'il convient de fixer pour chasser le hoquet, le mélange de feuilles d'absinthe, de racines d'angélique, de fruits d'anis vert, de poudre de grains de café torréfié pour donner aux plus lymphatiques un tonus d'athlète, le cataplasme de farine de lin, de seigle, d'orge et de riz pour se défaire d'un orgelet, la clé glacée sur la nuque dans le but d'arrêter les saignements de nez. Dans une armoire, tout un lot de poudres, de fleurs et de feuilles séchées, de sirops, de décoctions et même un pendule de radiesthésiste était prêt à localiser le mal, à le tenir en échec, à le mettre en déroute. Omnisciente et docte Pauline ! A se sentir stupide face à elle ! Le renfort des correspondances céleste et terrestre, de conjonctions souterraines, la signification des rêves, lui rendaient l'insondable moins effrayant. Vivre dans l'attente durable d'une révélation la retranchait de la trivialité du quotidien et l'installait dans le sillage des élus. Cet enchevêtrement d'irrationnel, de médication par les plantes, d'idées reçues lui convenait. Elle fréquentait le royaume des songes, des présages : son sens pratique s'en trouvait sans relâche aiguisé.

Comme Firmin, Alexandre entra à l'usine Granous de Marseille, boulevard d'Athènes. Il avait douze ans. Pauline l'y recommanda. La fonderie d'art et de marine y était enseignée. La représentation des *Quatre Saisons*, placée sur l'escalier monumental de la gare Saint-Charles, sort de là et du talent du sculpteur Botinelly. On s'en flattait. Bientôt pourtant, Alexandre délaissa cet apprentissage pour mieux se vouer au dessin, à la sculpture, à la peinture. Bon sang ne saurait mentir.

Cependant, en art, Firmin n'était pas son Dieu. Il ne sous-estimait ni les dons ni le talent de son père, fruit de la persévérance et de la volonté d'être soi pleinement. Mais, pour lui, au firmament, brillait l'étoile de Pierre Puget. Là, il ne s'agissait plus de savoir-faire mais de génie. Du sculpteur marseillais il prisait la façon qu'il avait eue de vivre. A son exemple, à dix-sept ans, il partit sac au dos et à pied pour l'Italie, payant gîte et couvert avec des statuettes de bois qu'il sculptait, assis sur un banc des quartiers de Florence et de Rome où il séjournait. A l'image de Puget, qui avait tant orné de navires, il dessina des poupes grandioses qui ne séduisirent aucun Colbert mais se rattrapa en sculptant la proue de quelques « pointus » du Vieux-Port. A la manière de Puget encore, il aurait voulu montrer qu'il ne se considérait pas en exil à Marseille, loin de Paris où tout se décide, comme tout se décidait à la cour de Louis XIV dans le XVIIe siècle de son maître. Il n'eut pas à montrer son esprit d'indépendance envers coteries, courtisaneries, centralisme. Nous étions en 1929. Il avait vingt-trois ans. Ses sculptures ne rassemblaient que des admirateurs peu argentés. La crise économique aidant, il fallut se rendre à l'évidence : le budget familial eût alarmé l'optimiste le plus opiniâtre. Comme Pauline ne lisait rien de favorable dans les songes, les cartes, le marc de café, les astres, que son pendule était confus, comme il avait fait le service militaire dans la marine où il apprit les métiers de mécanicien et d'ajusteur, il chercha de l'embauche. La Compagnie de chemin de fer PLM fut la première à répondre à une de ses demandes. Sa carrière d'artiste, disons professionnel, était terminée. Ce qui ne lui interdirait jamais de dessiner, de peindre, de sculpter et, qui sait ? comme Pierre Puget, de sentir le marbre trembler sous ses pouces, « pour grosse que soit la pièce ».

Au PLM, Alexandre brûla les étapes. Les disponibilités, son application, son savoir-faire le permirent. En trois ans, la direction gratifia son travail. Elle le hissa au rang de mécanicien de route. La locomotive et lui ne feraient qu'un ! Quand il serait au repos, elle le serait ; si des réparations s'imposaient, ses indications, soigneusement notées sur un registre, les inspireraient selon un usage que l'expérience gouverne. Maître à bord, il se trouverait nanti d'un chauffeur titulaire qui ne pouvait devenir qu'un ami. Un orgueil naïf le portait. Il l'aida à ne pas blâmer le temps de sa prime jeunesse. Aurait-il trop pensé à sa carrière de sculpteur raté qu'il se serait préparé de moroses saisons, noircies de nuages lourds. De ce porte-à-faux, il ne voulait pas. Au rebut les jérémiades et les frustrations qu'aucune rétrospective des vanités n'épuise ! Il avait trouvé un beau métier. Là était le principal ! Inutile de promener dans le monde des attitudes de chat qui a bu du vinaigre.

Au début de l'année 1937, à Nice, où les Bongiovanni s'étaient installés, Bastien ouvrit un œil sur le monde : un bébé qui laissait croire qu'il serait aussi costaud que Firmin. Mais autant le grand-père et Alexandre avaient le teint fleuri, autant Bastien était mat. En cela, il ressemblait à Mathilde, sa mère, que l'on surnommait « la Péruvienne ». À tu et à toi avec le point de l'écliptique qui se leva lors de la naissance du futur colosse, Pauline fut habitée de certitudes : son petit-fils aurait une santé de fer, la famille serait fière de lui.

D'abord Bastien fut fier d'Alexandre. Quoi de plus exaltant que d'avoir un père responsable d'un engin de 105 tonnes, sans compter les 30 tonnes du tender, les wagons à tirer, les 30 mètres cubes d'eau (il faudra 80 000 litres d'eau et 4,5 tonnes de charbon pour aller de Marseille à Nice) ! « S'il avait été Mermoz, un as de l'escadrille Normandie-Niemen, René Mouchotte ou Saint-Exupéry, je ne me serais pas plus rengorgé ! expliquait Bastien à Florence quand il évoquait son enfance. Je l'accompagnais au dépôt car il passait voir sa machine les jours de campos. Il la touchait, la flattait, lui causait : un dompteur. Il échangeait quelques paroles avec les mécanos de l'atelier. Tous ne prononçaient que des mots utiles à la loco. On ne parlait pas pour parler. Si les fronts se plissaient, c'est que le problème exigeait ce froncement. Je sens encore l'empreinte de sa main qui tenait la mienne ; sa main solide, calleuse, une vraie main de travail. Et je me trouvais aussi bien qu'on peut l'être sur cette terre. »

Bastien n'était pas homme à parler continûment de soi et de ses proches. Quand le souvenir de son père l'inspirait, il transgressait sa loi. Il pouvait même y aller de quelques exagérations, outrances maousses : des récits de pêches miraculeuses, par exemple, avec des girelles comme des loups, des loups comme des thons, des galéjades à désarçonner les cheminots qui débarquaient des pays d'oïl. Solennel, Alexandre ne déclarait-il pas mettre trois quarts d'heure pour se rendre en bateau à la pointe du cap Ferrat et faire le retour à Nice en vingt minutes « parce que là, vous comprenez, la mer descend » ?

« Il y avait son bleu de chauffe toujours maculé, rappelait Bastien, l'indispensable foulard du conducteur de locomotive — le sien était bleu à pois —, ses yeux bordés de noir malgré les lunettes d'aviateur qui les préservaient, son odeur d'huile et de charbon qui s'incruste dans les pores de la peau et "se fiche des douches les plus prolongées", commentait ma mère. Elle ajoutait : "Mécanicien de route et chauffeur de route sont des métiers impossibles à cacher même les jours où on s'en-dimanche !" D'ailleurs, pourquoi les cacher ! Elle était aussi fière que moi de se promener à son bras ! »

Florence écoutait, écoutait. Cet enthousiasme enfantin de Bastien l'attendrissait. Elle aurait pu souvent le précéder dans ce qu'il disait : elle connaissait par cœur et de tout son cœur la teneur de son propos.

Il racontait les jours où il venait attendre Alexandre au dépôt : « Le voir arriver, la tête mâchurée hors de l'abri, les lunettes relevées sur la casquette comme un coureur cycliste de Paris-Roubaix est une vision qui m'accompagnera jusqu'à la fin de ma vie. La machine remisée, nous rentrions à la maison. Et lui qui, pendant des heures, avait roulé vite afin de respecter l'horaire, marchait lentement. »

Ce respect de l'horaire confinait au sacré. De son appartement du quartier Florès qui donnait sur l'entrepôt des charbons Colimet et sur la voie ferrée, là où elle fait une courbe et où elle est en rampe (elle s'élève à cet endroit à 8 %), Bastien pouvait juger de la valeur d'un mécanicien. Un moment d'inattention : la locomotive perdait de son adhérence. Le risque de voir le lourd convoi partir en sens inverse était grand. Au chauffeur alors de descendre en hâte, de jeter du sable sous les roues et sur une longueur de trente ou quarante mètres afin qu'elles cessassent de patiner. Un foutu boulot ! L'adhérence revenue, on repartait en essayant de rattraper le temps perdu, ce qui n'était pas toujours possible. Au mécanicien de route de s'expliquer ensuite dans son rapport, de faire l'aveu de sa faute ou de démontrer l'existence d'un cas de force majeure.

Pour « montée », Bastien disait « rampe », pour « descente », « déclivité », pour « plat », « palier ». Ainsi s'exprimaient les fils de cheminots qui sortaient de l'école à 16 h 30 et non à quatre heures et demie, mangeaient à 12 heures et non à midi, fêtaient parfois Noël ou le nouvel an à d'autres dates que le 25 décembre ou le 1er janvier car le père roulait et était absent ces nuits et ces jours-là. Engin terrestre le plus rapide du monde si l'on considère son poids, la machine à vapeur valait bien ces décalages.

« La locomotive, expliquait Bastien, ressemble à un mammifère colossal. Elle ressemble à l'homme. Les bielles, les roues, tous les membres qui la font avancer sont à l'extérieur. Elle a sa respiration et une odeur qui lui est particulière. Les yeux fermés, en l'écoutant haleter, en la reniflant, je devinais que c'était celle de mon père. »

Il y avait aussi l'époque de la guerre, de l'Occupation, des réquisitions, de la Résistance. Bastien ne rapportait qu'une seule histoire vécue par Alexandre car son père ne s'appesantissait jamais sur ses éventuels faits d'armes et il ne s'en inventait pas. L'histoire concernait Gaston, son chauffeur de route à qui, comme la tradition le démontrait — et on la respectait presque toujours —, il était très attaché. N'était-il pas le parrain de son fils ? Au reste, lorsque mécanicien et chauffeur ne s'entendaient plus, que la séparation devenait inévitable, elle revêtait l'importance d'un divorce chez un couple. Bref, entre Gaston et Alexandre, l'entente était parfaite.

Un jour de 1944, en gare de Vintimille d'où ils allaient repartir pour Marseille malgré les bombardements, les ponts de fortune, les voies défoncées, les réparations en cours qui obligeaient à rouler au pas, Gaston, dans l'abri, travaillait avec le long pique-feu indispensable pour détacher le mâchefer collé à la grille du foyer : gestes habituels du chauffeur qui nettoie, charge et prépare la machine avant l'arrivée du mécanicien de route.

En Italie, en ces années, plusieurs lignes de chemin de fer étaient électrifiées. Un faux mouvement : le pique-feu heurta la caténaire ! Mille cinq cents volts foudroyèrent Gaston ! On le descendit sur le quai. On constatait le décès quand Alexandre arriva. Il chancela. Il prononçait des mots inutiles comme « non ! ce n'est pas possible ! » Devant ce corps qui gisait sur le sol tout se bousculait dans sa tête. La guerre avait rendu l'horreur routinière, mais là son compagnon de chaque voyage, son ami des fêtes familiales était frappé ! Comment annoncerait-il cette abomination à sa femme, à son filleul ? Cent images, cent regrets le traversaient. Avait-il été assez gentil avec ce fidèle dont la bonté, la patience étaient à couper le souffle tant elles ne se démentaient jamais ? Il n'était qu'abnégation avec ce naturel qui fait qu'on ne le remarque plus. Ah, ces comportements magnifiques et discrets que l'accoutumance estompe ! Gaston mariait le ciel et l'enfer : le ciel c'était son cœur, l'enfer le brasier qu'il alimentait afin que la dévoreuse d'espace ne soit jamais privée de vapeur. Toute la fatigue qui pèse sur l'homme à cause des années qui filent, de ce qui ne sera plus, de ce que l'on a raté, de ce que l'on projetait de faire et qui nous sera désormais interdit terrassait Alexandre. Il tremblait, sanglotait, ne pouvait s'en empêcher.

Un officier allemand passa. Il avisa l'attroupement, se faufila, observa, s'enquit en italien. Sabotage ? Meurtre ? Non : accident. Il se pencha sur le cadavre, le palpa. Il n'y avait pas de cadavre. « Je suis médecin. Cet homme n'est pas mort », affirma-t-il, imperturbable. De nouveau, il l'ausculta. Alexandre assista alors à un miracle. L'électrocuté remua, ouvrit les yeux. « Jamais mon père n'oublia cet instant, évoquait Bastien. Gaston se secouait, s'ébrouait comme s'il voulait se libérer de quelque démon, des griffes des damnés, se sortir des sombres bords. Et son regard exprimait une terreur que le temps ne parvint jamais à chasser tout à fait et qu'il ne tenta jamais de définir ni d'expliquer à personne. » On le conduisit à l'hôpital. Il se rétablit. Seuls ses cheveux ne repoussèrent pas. « Ses poils non plus », confia Victoria, sa femme, un soir d'anniversaire où elle s'était un peu trop abandonnée au vin mousseux d'Asti. Et de pouffer de rire. Bientôt, ce soir-là, son rire devint si envahissant, ricochant d'une stridence à une autre, que Pauline se mit en alerte, prête à agir, à exorciser d'éventuels débordements. Quand les pleurs succédèrent aux rires parce que l'influence du « spumante » d'Asti, comme elle le redoutait, bouscule les émotions de certains buveurs, elle courut à son armoire. Un mélange d'acétate d'ammoniaque, de sel marin, de café fort et de sirop bu en deux fois, à un quart d'heure d'intervalle, sécha les larmes. C'est en glapissant *Lili Marlène* en italien que Victoria s'endormit sur une chaise.

Au sanctuaire de Laghet, des centaines et des centaines d'ex-voto disent la reconnaissance à la Vierge que sculpta Pierre Moïse, il y a des siècles. Gaston a tenu de même à remercier la Madone, Alexandre, l'artiste, fut sa main, s'efforçant de ne point trahir les indications de son chauffeur miraculé. Sur le tableau, les visiteurs voient la Madone habillée d'or et de satin blanc. Ils voient une locomotive, les rougeoiements de sa fournaise, un pique-feu incandescent environné d'éclairs. Ils voient aussi un officier de la Wehrmacht au visage angélique. Ce n'est pas si courant.

Et Bastien devint adolescent. Que voulez-vous qu'il fît ? L'ascendance était là. La peinture l'attira, la ferronnerie d'art. Il s'inscrivit à l'école de dessin de la Villa Thiole et à l'école des métiers de Nice. Il y fut considéré. Mathilde, sa mère, en était flattée. « Mon fils a des mains d'or ! Même pour la pâtisserie, il me surpasse », disait-elle avec ingénuité, éludant toute objection.

Chaque soir, sauf le dimanche, elle lui imposait une dictée. La vie des peintres, leurs réflexions en étaient fréquemment le sujet. Mathilde tirait ses lectures de luxueux albums traités avec ménagement. Bastien buvait de ce lait avec gourmandise. Parfois, grand-mère Pauline s'asseyait auprès de lui à la table. Si elle se coiffait de son chapeau de paille à fleurs et à fruits, c'est qu'elle avait décidé d'écrire sous la dictée de sa bru. La langue française mérite que l'on se mette en frais.

L'expression « mains d'or » plut à Pauline. Le surnom de Bastien était trouvé. « Ce garçon n'apporte que des satisfactions », lançait-elle d'un air réfléchi. Rêves, cartes, astres ne l'avaient pas dupée : ils obéissaient à l'idée qu'elle se faisait de leur pouvoir. Sur un simple signe qu'elle interprétait, elle courait acheter un billet de loterie, se calfeutrait chez elle ou s'en allait brûler un cierge à Notre-Dame-Auxiliatrice si une dame de pique rébarbative assombrissait son jeu.

Des cierges, elle en brûla lorsque Bastien embarqua pour l'Algérie ! La ligne de vie de son petit-fils la rassurait, mais sait-on jamais ? Lui, pour la première fois de son existence, eut le sentiment qu'il ne menait plus sa barque. Que foutait-il là ? Il se moquait que l'Algérie restât française ! Et quand il voyait des camarades blessés ou morts, il préférait que chacun demeurât chez soi.

Ce désir s'amplifia encore quand sa patrouille ramena Marc, un copain de Marseille, le visage amoché, la jambe gauche si mal en point qu'une amputation s'avérait inévitable. Le malheureux avait rêvé de jouer avec les professionnels de l'Olympique de Marseille (comme tout le monde il disait : « l'Oème »). Il avait rêvé de montrer sous « le maillot blanc légendaire » (il articulait « le maillot blanc légendaire » comme on prononce des paroles saintes) que son pied gauche était digne de celui des grands aînés : Crut, Eisenhoffer, Kohut, Scotti, « Féli » Pironti dit « Tête d'or » à qui ses coéquipiers laçaient les chaussures : il avouait avec coquetterie en être incapable. Et voilà qu'il était tombé à côté d'ossements que les vents ensevelissent ou déterrent : le combat opposant simoun et vent du nord-ouest cesse rarement. L'un balaie ce que l'autre construit et vice versa. Ainsi en est-il de l'histoire du monde.

Où était donc le calme infini du désert ? s'interrogeait Bastien alors qu'on emportait son pote d'Endoume qui jonglait des heures avec un ballon, quand les gradés le permettaient, pour ne rien perdre de sa virtuosité. C'en serait fini de cette virtuosité et de la fortune qu'il comptait en retirer pour gâter sa mère que le père avait abandonnée bien avant que Marc, le gaucher, sache se tenir debout.

En ce jour maudit, on avait crapahuté des heures dans une chaleur pareille à celle qui sort de la gueule du foyer de la locomotive d'Alexandre et de Gaston. La gorge, les poumons étaient en feu. A chaque pas, comme toujours, le sable s'éboulait. On s'enfonçait là où les chameaux, si gauches mais soudain habités par la grâce, tracent leur route et ne laissent guère qu'une légère et provisoire empreinte de ballerine. À perte de vue, les dunes moutonnaient, immobiles. Tout à coup, soyeux, fulgurant comme une traînée de poudre qui se consume, le sable glissa, s'enroula, entreprit une course folle, rasant le sol. Il vivait. Menaçant. Le soleil disparut. Il était dans le ciel, mais il ne répandait plus qu'une clarté jaunâtre. Le simoun ! L'air devint opaque. Des millions d'épingles piquaient les bouts de peau non protégés. Le sable était partout : dans l'air, la bouche, les yeux, les oreilles. Il s'immisçait dans la chevelure, ce que la poussière du charbon ne réussissait pas à faire : la casquette du cheminot était-elle préférable au casque guerrier ? A ce signe, Bastien se dit qu'il était vraiment un homme né pour la paix.

Peintre, Bastien n'était pas insensible (tant s'en faut) à la beauté du désert, cette terre que les vents modèlent et remodèlent, qui se prend pour la mer, et qui peut proposer de longues trêves dans l'écoulement des heures car souvent rien n'y bouge. Sa vastitude inféconde, qu'aucun horizon ne borne, le subjuguait. En outre, il la craignait comme on craint une intimidante puissance. Exaltation ? Pressentiment ? Les paupières brûlées, l'idée de l'infini lui devenait presque palpable. Dans le silence, dans une démesure de cosmos, l'insaisissable dynamique du monde allait enfin arracher ses voiles pour lui. Quelque chose d'au-delà de la beauté l'enveloppait et l'enfiévrait. Pas pour longtemps. A la contemplation éblouie, à l'immersion, succédait la mélancolie.

« Quand on fait une guerre, loin de chez soi, qu'on ne se sent pas investi d'une mission, on ne peut être que malheureux, ressassait-il. On compte les jours. On se languit des siens. On n'a qu'une envie : regagner ses pénates à fond de train. »

Aussi, quand on lui demanda de peindre le mess de Ghardaïa, au Sahara, ce sont des paysages de Provence et du comté de Nice qui s'inscrivirent sur les murs. Une inspiration sacrée le guidait. Il y avait des champs où l'on sème, où l'on récolte et non une étendue vidée d'espérance, une étendue misanthropique condamnée à la stérilité par des divinités inflexibles. Il y avait la gloire du travail de l'homme ; de vieilles maisons pelotonnées au creux des vallées ou agrippées à des sommets, de vieilles maisons qui se racontent des histoires afin que les traditions perdurent. Il y avait l'eau de cristal et de diamant des fontaines, le tuf des vasques et des sources, un alambic à lavande, un clocher d'où l'on pouvait filer droit au ciel si la ferveur s'en mêlait. Il y avait un sentier, des murailles recouvertes de lierre, de « cambarousset » (pariétaire), de liserons. Il y avait le tison des coquelicots, de hauts fenouils, des tapis de pervenches, une treille comme un dais, des boutons d'or, des mimosas, des oliviers, des pins, des collines et des montagnes. Enfin, il y avait la mer, la vraie, la miroitante, et pas un océan depuis longtemps naufragé dans les sables. « Bastien, c'est un as ! » s'exclamaient les copains. Leur talent de critique s'arrêtait à cette phrase. Elle gonflait de joie la poitrine de l'artiste. Seul le capitaine s'enhardissait à en dire davantage. Pour lui, les paysages étaient si bien rendus qu'en rentrant au mess on avait l'impression de respirer la lavande violette du printemps, l'iode, l'herbe mouillée, le genévrier, le laudanum des cistes. Il se félicitait d'avoir dispensé le caporal Bongiovanni d'un bon nombre de corvées. Ghardaïa avait son fresquiste.

Le comté de Nice, Bastien le retrouva définitivement vingt-neuf mois plus tard. De permissions, il y en eut peu. La première, avortée, trempa son caractère sans égarer son cœur dans l'amertume. Etait-ce un don de famille ? C'était au bout d'un an de baroud, d'ennui, d'horreur, de dégoût et de fraternité. Il allait embarquer pour la France avec quelques potes quand on lui apprit que le bateau — le *Ville d'Alger* — ne pouvait recevoir tous les permissionnaires. Pourquoi ? Des colons partaient en vacances. De belles âmes sans conteste. Elles faisaient de leurs propriétaires des prioritaires. Nice, Cannes, Saint-Tropez, Monaco, Deauville, Vichy, Châtelguyon, La Bourboule les attendaient. L'amusement, le foie, les intestins, les poumons : les cas de force majeure ça existe. Il resta sur le quai. Le navire s'éloigna. Ainsi nos rêves passent et l'on se sent en désaccord avec le monde. Cette nuit-là, les recalés de la traversée Oran-Marseille se dévoyèrent dans l'alcool. Il y a d'autres moyens pour séduire la providence.

Des amis ? Celui dont il fut le plus proche était un Arabe de dix-neuf ans, Abdou. Qui était-il vraiment ?

Quand les volontaires français d'Indochine débarquèrent en Algérie, ulcérés par la tragédie de Diên Biên Phu, amoureux malgré tout de cette terre d'Asie sur laquelle ils avaient tant enduré, une opération phonétiquement dite *raf kebir* par les Arabes (« grande rafle ») se développa. Une boucherie. Abdou fut un des survivants de son village. Après l'ouragan de violence, on le crut mort. Ce qui dispensa de l'achever.

Des médecins militaires français le sauvèrent. On l'envoya à Ghardaïa comme harki. C'est là qu'il se lia avec Bastien qu'il regardait peindre. C'est là qu'il fit l'éloge d'un instituteur de la communale qui enseignait à Tlemcen. M. Corrado avait affiché une devise à l'entrée de la classe : « Si tu veux qu'on te respecte, respecte-toi toi-même. » Il souriait une fois par semaine, se servait d'une règle en bambou pour taper sur le bout des doigts et les rotules, tirait les oreilles, coiffait d'un bonnet d'âne les paresseux et les indisciplinés, traitait de façon semblable fils de pieds-noirs, fils d'Arabes riches, fils d'Arabes pauvres, exigeait que l'on sache « par cœur » les leçons car, disait-il, « cela vous apprendra à parler et il vous en restera toujours quelque chose », régnait sur les heures de retenue qu'il fixait y compris le jeudi, faisait que ses élèves l'aimaient et réussissaient aux examens mieux qu'ailleurs.

« On ne rigolait pas avec lui mais on était moins con », résumait Abdou qui, par son travail et la scrupuleuse attention de l'instituteur, devint boursier.

Adopté par les soldats de Ghardaïa, Abdou expliquait comment dans sa région, aux environs de Tlemcen, de Nédroma, de Souk el-Tlata (ce qui signifie le marché du troisième jour : du mardi puisque chez les Arabes la semaine commence le dimanche), les partisans du FLN s'enfermaient sous terre dans des trous dont l'orifice n'était pas plus grand que la circonférence d'un chapeau de brousse. Comment pouvaient-ils y pénétrer ? Comment pouvaient-ils y demeurer, à dix, à douze, de 4 heures du matin au soir car ils ne sortaient que la nuit ? Les scorpions ? Les serpents ? Le manque d'air ? Ils passaient outre. Seule la foi...

Difficile de situer ces orifices ! Les soldats du contingent français crurent que les excréments humains, aux abords, le leur permettraient. Mais les fellagha se délestaient loin de leur cache. De même dispersaient-ils à distance et de façon éparse les déblais. Il restait à compter sur la chance et la perspicacité de certains guides. Gare alors aux insurgés, aux patriotes algériens découverts ! L'orifice dégagé, comme on soulève un couvercle, on arrosait de grenades le trou à rats ou à contorsionnistes. On entendait des hurlements, des gémissements, des suppliques, puis plus rien. Les coupeurs de routes (est-ce la signification première du mot fellagha ?) et coupeurs de couilles qu'ils plantaient dans la bouche de leurs victimes (ils s'en faisaient une spécialité) n'avaient plus qu'à pourrir dans la tombe creusée par leur soin. La guerre peut ainsi amener des économies de main-d'œuvre.

C'est par Abdou, mêmement, que Bastien apprit que l'on pouvait repérer les groupes de partisans ennemis grâce aux chacals femelles. Elles suivent les hommes alors que les mâles les fuient. L'anecdote faisait bien rire. En résumé : Abdou l'Algérien plaisait, captivait et avait la confiance des soldats et des gradés de Ghardaïa. A peine s'étonnait-on du flegme avec lequel il évoquait des scènes atroces. « Il est jeune mais il n'a rien d'une cervelle chaude. Selon lui, tout est écrit à la naissance », exposait le capitaine qui passait pour connaître la mentalité du pays. Inch Allah ! Mektoub !

Ilot de verdure, niché dans un creux et entouré de tous côtés par l'empire de la solitude, telle était Ghardaïa, capitale des Mozabites. Sauf pour une permission, la troupe quittait l'oasis à regret. Fussent-elles provisoires, les hommes tiennent à leurs habitudes.

Mais les ordres sont les ordres. Il fallut partir. Bastien, Abdou et les autres furent déplacés à Nédroma. Un matin, fatigués d'être rançonnés par les combattants du FLN, des paysans algériens vinrent se plaindre au capitaine qui promit d'intervenir. Une opération fut montée. La colonne des justiciers tomba dans un piège. Les soupçons se portèrent sur Abdou. Aux soupçons succéda la certitude. Une atmosphère de lynchage infesta le campement. Décision fut prise de supprimer l'espion. Alors Bastien intervint. Il plaida, supplia. Son talent de peintre fut-il l'atout déterminant ? Le meilleur ambassadeur ? Le capitaine céda. Abdou-le-harki, Abdou-le-boursier, dont on se défiait à présent malgré les arguments de Bastien, fut envoyé dans un commissariat du quartier de la Goutte-d'Or à Paris, comme auxiliaire de police. Mais le téléphone arabe n'est pas un vain mot : les tours pendables qu'il permet, ses énigmes, ses connexions, le pittoresque des moyens employés font la joie et l'admiration de ceux qui tirent profit de ses trajets clandestins tandis que fulminent ceux qui en pâtissent. Abdou ne fut pas placé du côté favorable par ses coreligionnaires. Que lui reprochaient-ils ? Le savait-il lui-même ? Le FLN le mitrailla, rue de Polonceau, à deux pas du commissariat. Une fois encore, les médecins français le sauvèrent. Rétabli, la paix avec l'Algérie signée, il trouva refuge au camp du Larzac. La Croix-Rouge pourvoyait à la bonne tenue des lieux lorsque les hommes du FLN y étaient prisonniers : visites de contrôle, victuailles, médicaments, distractions, vêtements. La paix signée, elle retira ses subsides et sa sollicitude. Les harkis l'intéressaient moins.

Cent fois Bastien avait imaginé son arrivée en gare de Nice. D'autres soldats démobilisés seraient avec lui. Le pied posé sur le quai, chacun partirait vers son destin. On se retrouverait, mais plus tard. Ses parents l'attendraient, bien sûr. Et Florence ! Il vénérait son père et sa mère ! Mais son désir de Florence était si intense que là-bas, dans le désert, il ne voyait qu'elle surtout quand il avait les yeux fermés. Se l'avouant, il se sentait gêné. Qu'aurait pensé sa mère de cette éviction ? Après tout, Florence n'était qu'un éclair dans sa vie comparé aux années d'amour maternel. La balade qui les mena au lac des Mille-Fonts, sous les auspices de Gabriel, c'était hier ! De cette randonnée, l'image de Florence se jetant dans l'eau glacée avait émerveillé et tendu trop de ses insomnies pour ne pas occuper la première place.

Il se souvenait d'une nuit à Ghardaïa à rendre envieux les savants des observatoires du monde entier. Le ciel, poli de toute impureté, avait-il déjà affiché pareil gala ? Il semblait que les astres les plus éloignés s'étaient décidés à escamoter les années-lumière et à déposer leur éclat le plus près possible de la terre. L'oasis en était éclairée. De cette voûte, une, deux, vingt étoiles se détachèrent. Un branle-bas de brillances, de fulgurantes traînées. La conspiration de l'immensité, de l'inexpliqué écrasait Bastien. Une dictée de sa mère lui revint en mémoire : elle rapportait la légende des météores qui, de chagrin, se précipitent vers la terre chaque fois que des amours se meurent. Son cœur se serra. Et si Florence ne voulait plus de lui ? Etait-ce ce vide qu'annonçait l'étoile filante qui venait de s'éteindre ? Ce soir-là, il courut lui écrire pour la demander en mariage. Quinze jours plus tard, la réponse lui parvenait. D'elle venait la lumière. Aucune étoile n'était morte de déception par leur faute.

Oui, il s'était imaginé arrivant à la gare et emportant sa belle pour l'embrasser et l'embrasser encore. Toute la force de l'univers parcourait son grand corps maintenant aussi vigoureux et massif que celui de Firmin et davantage encore que celui d'Alexandre. Plus de crainte qu'un autre ait pris sa place durant son absence. Plus d'angoisse de voir sa propre vie lui échapper dans les heures inutiles d'une guerre perdue ailleurs que sur le terrain. Rien qu'un apogée, une glorification du désir. Et Florence, liane solennelle, aux yeux noirs pailletés d'or, se laissait enlever, sûre de sa fragilité triomphante.

Quand le train stoppa et qu'il descendit de sa voiture, le chevalier Bastien redevint petit garçon. Au bas du marchepied, Alexandre, Mathilde, Florence et lui ne surent que pleurer.

Le mariage eut lieu six mois plus tard. A la même période, la SNCF l'engagea. Il débuta comme ajusteur dans les ateliers. Il y resta deux années. Ce qu'il voulait, c'est prendre la succession du père. Comme Alexandre, il serait le maître d'une locomotive à vapeur. Il lui fallut quatre ans. En 1964, Bastien était nommé « mécanicien de route ». Il rentrait dans l'aristocratie des compagnons du devoir.

Qu'en pensait Florence ? Certes que ce n'était pas toujours gai d'être l'épouse d'un de ces hommes qui sont souvent hors de la maison. Mais à l'instar de Mathilde et de bon nombre de ses pareilles, elle n'en soufflait et n'en soufflerait mot. Pourquoi s'épuiser en reproches ? Colporter insatisfaction et dépit ? Les cheminots, dans leur cité, vivaient presque en autarcie. L'intimité y était difficile à préserver. Les ragots finissaient toujours par vous rattraper. Elle connaissait des voisines que la jalousie tourmentait, cette jalousie qui n'épargnait pas, non plus, les maris appartenant au personnel roulant. Dans l'esseulement, pour certains et certaines, les nuits de veille sont mauvaises conseillères. Entrer en suspicion, attiser la fureur qui jaillira plus violente d'avoir été gardée longtemps muette altère les meilleures intentions. La cruauté que l'on exerce envers soi dévaste. On s'empoisonne et on empoisonne. Florence flairait tout cela. Elle ne souhaitait retenir que ce qui rehausse l'homme qui partageait sa vie. Bastien adorait son métier. Il ne s'ennuyait jamais. Les jours de campos il peignait, bricolait ou allait voir sa locomotive au dépôt comme Alexandre et tous les mécaniciens de route l'avaient fait et le faisaient. Elle le voyait s'appliquer sur un tableau, sur une pièce d'olivier à sculpter, sans duperie envers lui-même, sans se frictionner à l'onguent des vanités. Il était de ceux qui, émus devant des fleurs d'hibiscus sans cesse renaissantes, le cœur serré devant un paysage à demi effacé, n'ont pas la faiblesse de se croire grands et de vouloir tout traduire à la perfection. Effleurer les buts qu'ils se sont fixés n'est déjà pas une mince affaire. Pour cela ils s'infligent une persévérance presque excessive puisque le « peut mieux faire » qu'écrivaient à l'encre rouge, dans la marge des cahiers, les vieux maîtres d'école, est leur devise. Ils ne désarment pas. A l'état de grâce de leur trouver un air de famille et de leur faire un signe complice. Cette obstination n'est-elle pas préférable à des heures passées au bistrot ? De toute façon il faut bien que les hommes jouent : accoudés à des comptoirs à se rengorger ou à piquer du nez dans un verre, autour d'un tapis de cartes à quereller un partenaire distrait, sur des terrains de sport, dans le bureau d'un philatéliste pince à épiler au bout des doigts afin de ne pas profaner une prétendue rareté, devant une mappemonde à lire par-dessus les pôles et à se faire des ripailles d'ailleurs, face à une feuille blanche, un piano, un pinceau ou un ciseau de sculpteur à la main pour amadouer les muses... Des enfants ! Dans sa sagesse innée Florence s'en amusait. « Mon petit garçon ». Ainsi appelait-elle son colosse brun d'un mètre quatre-vingt-cinq et de quatre-vingt-dix kilos. Il y a des anges gardiens qui sont fichtrement balèzes. Il souriait. La négligeait-il pour s'attarder à l'atelier aménagé dans la cave ? Elle ne ronchonnait pas. On ne doit pas tuer les violons d'Ingres chez celui que l'on aime. C'était l'idée de Florence. Elle répétait : « Mon petit garçon » et, blottie dans ses bras, ou même quand son métier de voyageur l'éloignait, elle percevait toujours puissamment qu'il veillait sur elle. Etait-elle heureuse ? Le lui aurait-on demandé, elle aurait répondu : « Oui. »

Et lui ? Respectait-il la vraie nature de Florence ? Que devinait-il de ses élans muselés, de ses secrets de femme auprès desquels ceux des hommes sont transparents ? En vérité, il se bornait à bénir le ciel (et Gabriel) d'avoir permis qu'un jour Florence fût sur son chemin. La force d'attraction ne faiblit pas entre certains êtres. Ils ne se séparent qu'à l'heure du dernier voyage. Et encore ! Allez savoir ! « Notre amour est de telle guise que vous ne pouvez mourir sans moi et moi sans vous. » La phrase fleurait bon l'amour parfait ; elle les comblait.

L'émotion le saisissait quand il l'entendait dans l'escalier. Elle s'annonçait ; comme lui, elle sifflait quatre notes : leur signal. Le sifflement maladroit ajoutait au charme. Il bondissait. Il était sur le palier de leur troisième étage avant qu'elle y accède. Il buvait du regard sa minceur, cette loyauté qui émanait d'elle. Elle approchait : il respirait son parfum. L'ordinaire des jours dégrade ; il fomente des guets-apens ; la monotonie pèse. Chez eux, l'intimité n'avait rien démoli. Imperceptiblement, la vie nous change ; ils changeaient, l'un, l'autre, de concert. Des complices. S'ils se perdaient dans des pensées, c'était souvent dans celles de l'autre.

Il la rencontrait quelquefois à l'improviste dans la rue. Elle revenait du marché, d'une église où elle allait prier ses morts. Saint-Roch (où elle avait été baptisée), Sainte-Rita, Sainte-Réparate, la Miséricorde (chapelle des pénitents noirs), du Saint-Sépulcre (chapelle des pénitents bleus), les églises du Vœu, du Port, du Jésus étaient ses préférées. L'instant de surprise mettait dans ses yeux une joie enfantine dont Bastien raffolait. Se voyait-elle comme il la voyait : souveraine et malléable, charnelle et immatérielle, expansive et obscure, courageuse et parfois au bord des larmes ? Pouvait-elle se figurer le halo dont il l'entourait ? La sincérité absolue est impossible entre les individus et sans doute aussi avec soi-même. Est-ce l'indispensable règle d'un jeu dont les conventions demeurent dans l'ombre ? Toutefois, à l'écoute pieuse de leur cœur, elle et lui ajoutaient aux fêtes qu'octroie la vie. Des voisins se moquaient de cet amour anachronique qui paraissait ne laisser aucun repos aux tourtereaux. « Ça leur passera », maugréaient des bouches amères aux visages sinistrés. « Ça leur passera ! » Le temps filait. Ça ne leur passait pas.

Pacific 231 C 53 (deux essieux porteurs, trois essieux moteurs, un essieu porteur), Mountain 241 D 119, Mikado 141 R 1151 furent les monstres d'acier que Bastien maîtrisa et choya. Train bleu, Mistral, rapides, Genève-Riviera, Strasbourg-Riviera, Littoral-Pyrénées, tous, un jour ou l'autre, dépendirent de lui. Au diable les difficultés, les escarbilles, la hantise de fondre le plomb si, par négligence, le ciel du foyer venait à manquer d'eau ! La ferme prise en charge de tous ces dangers les conjurait. L'effort librement consenti rend libre.

Il avait la sensation d'exercer un des derniers métiers d'homme. Il partageait cet orgueil avec les autres mécaniciens et chauffeurs de route. « Tu sais, disait-il à Florence, je retrouve sur le réseau les noms de mon enfance, car les fils ont pris la succession des pères. N'est-ce pas la preuve que le métier est formidable ? »

La complicité dura jusqu'à ce que la fée électricité supplante la vapeur. Pour Bastien, le rapport affectif avec la machine était mort. Le nouveau conducteur devenait un automate. Dans les discussions, il tirait argument des propos d'Arthur Honegger qui exprima son amour de la traction à vapeur en composant cinq symphonies à la gloire de la Pacific 231.

« Pour ceux qui aiment la locomotive, la vraie, celle à vapeur, répétait Bastien, les nouvelles motrices informes, reliées par un fil, relèvent de la traîtrise. Elles vont puiser leurs forces à d'autres sources que les leurs propres. Ce sont des parasites qui ont renié leur liberté comme il est d'usage aujourd'hui presque partout. »

Le discours ne plaisait pas à tout le monde. Honegger ou pas, on estimait que Bastien posait des lapins au futur. Qu'on le laisse à sa nuit et à ses cendres froides, bouon Diéu dé bouon Diéu !

Le 28 février 1968, au pays de la Grande Bleue, c'en fut fait de la traction à vapeur. Tiré par une motrice électrique, le Paris-Côte d'Azur s'arrêta à la gare des Arcs. Venue de Nice, la Mikado 141 R 1151 de Bastien l'y attendait. Il la conduisait, assisté de Roland son immuable chauffeur de route. Il convenait de finir en beauté ; de hisser sur le pavois une agonisante ; de gréer en fonceuse une moribonde. La direction l'ordonnait afin d'orchestrer un certain faste.

On décrocha la machine électrique ; la Mikado la remplaça. Ce fut le dernier rapide mû par la vapeur qui s'élança vers Nice. Bastien imaginait la fumée qui sortait de la cheminée au-dessus de la cabine. Elle écumait. Au lieu d'un panache triomphant, des figures mortifiées et furibondes se déployaient, et des épouvantails à l'aspect redoutable se dessinaient dans le ciel avant de se dissiper, vaincus. On ne congédie pas la poésie d'une machine à vapeur sans qu'elle proteste. C'était là illusions, caprices de moutards et taper du pied devant des parents inflexibles. Mêlez-vous donc de rogner les ailes au progrès ! Les mœurs d'une autre époque avaient irrémédiablement fait leur temps.

En chemin, Bastien actionnait le sifflet de la Mikado. Il répondait aux klaxons des engins électriques ou à moteur Diesel qu'il croisait. Hier encore, le signal majestueux pouvait être gai et intime quand il annonçait aux familles demeurées à la maison le passage du convoi mené par un des leurs. On se mettait à la fenêtre pour voir et être vu ; on agitait un mouchoir ; on levait les bras et, de la loco, on répondait, quand la proximité de la voie ferrée le permettait. Pour Roland et Bastien, le sifflement retentissait à présent tel un glas. Un SOS sans espoir. Tous deux connaissaient, comme chaque bon cheminot, le récit de l'arrivée du premier train à Nice le 26 septembre 1864. Ce train spécial était parti de Cagnes-sur-Mer à 15 h 30. La locomotive tirait deux voitures de première classe et un wagon-salon. A l'intérieur : des techniciens, des officiels et le maire de Nice qui s'appelait alors Malausséna et dont il reste une avenue et un passage. Le convoi mit une heure trente pour parcourir une dizaine de kilomètres. Partout des gens sur les quais, les ballasts, aux balcons. Partout des drapeaux, des fanfares. A 17 heures, des salves d'artillerie accueillirent les héros du jour. Il y eut des discours, des manifestations de joie. Vingt et un jours plus tard, le 17 octobre, la gare était ouverte au public. Une page se tournait.

Peu avant ces dates historiques, le chemin de fer avait Marseille pour terminus. Les passagers en descendaient. Ceux qui se rendaient dans la capitale des Alpes-Maritimes se dirigeaient vers le Vieux-Port et embarquaient sur un bateau qui mettait dix heures pour rallier Cannes. De là, par une route inconfortable, assis dans une patache, on parvenait à Nice au quai dit des Phocéens comme il se doit. Une expédition ! A l'automne 1864, les transbordements avaient donc vécu. La voie s'ouvrait aux palaces sur roues de M. Pullman.

En ce 28 février 1968, cent quatre ans plus tard, l'accueil eut des tonalités de cornes de brume pour le train conduit par Bastien. L'emphase souhaitée s'annula. Ce fut le tribut payé à la tristesse. Les regrets ne pontifient pas tous. Dans la nuit, à la dérobée, les dernières locomotives à vapeur et à bout de souffle furent regroupées en un convoi que l'on achemina vers Miramas. Ce dépôt fut leur cimetière.

A la veillée, chez les Bongiovanni, on s'essaya à l'oubli. Mathilde et Florence rivalisèrent de talent. Les sardines farcies de blettes, d'ail, de chapelure, de moules, d'huile d'olive, de sel, de poivre et d'œufs étaient dignes de la table d'un président de la République. Le loup grillé au fenouil aurait régalé des maîtres du fourneau. Pour le dessert *li bigneta d'asébic* (les beignets aux raisins secs) avec juste ce qu'il fallait de rhum, de pommes et d'huile d'olive témoignaient du degré avancé de l'art culinaire niçois. Alexandre et Bastien en redemandèrent. La tristesse n'est pas forcément ennemie de la gourmandise. Un vin blanc du château de Bellet, frais à point, arrosait le festin. L'eau-de-vie d'un paysan de Belvédère (ami d'Alexandre) s'ingénia à faciliter la digestion. Si les plats n'étaient pas nombreux, ils avaient été en revanche copieux et les rasades d'eau-de-vie généreuses. Quand Bastien toucha le lit, il eut la sensation que le plafond descendait vers lui. Au moment où le Paris-Côte d'Azur qu'il conduisait accostait en gare de Nice, toutes les locomotives s'étaient mises à siffler une oraison funèbre de leur répertoire. Au matin, ces sifflements mortuaires résonnaient encore dans le crâne de Bastien. La gueule de bois s'entêtait. Feuilles de sauge, fleurs de tilleul, capitules de camomille romaine se mirent de mèche pour soulager tout ça. L'enseignement de Pauline ne tarda pas à prouver une fois de plus son efficacité.

Les dinosaures. C'est de la sorte qu'on nomma Alexandre, Bastien et quelques autres qui avaient connu la vapeur et la regrettaient. A présent, chacun prenait son service seul, sans chauffeur. La notion d'équipe ? Terminée ! L'honneur d'être titulaire d'une machine ? Fini puisque la loco électrique change de main comme un vulgaire tramway. Ne la dit-on pas « en banalité », ironisaient les râleurs, appelant à la rescousse le jargon du métier. Et, comble du culot, raillaient les mêmes récalcitrants, le mécanicien de route est devenu conducteur-électricien, alors que dans les textes réglementaires subsiste l'appellation initiale. Est-ce pour donner le change et faire croire que conduire une motrice nourrie à l'électricité est aussi harassant qu'à l'époque du charbon ?

En général, on se moquait d'eux. L'on poussait même le jeu jusqu'à les piquer afin qu'ils s'emportassent. Ces rouspéteurs ne s'appliquaient-ils pas à nier tout ce qui est bon et bien ? Ne crachaient-ils pas sur un bien-être et une évolution sociale qui leur devaient d'ailleurs beaucoup ? Leurs persiflages constituaient autant de flagrants délits de jalousie.

Alexandre n'était pas le dernier à critiquer. Comme le rosier fait des roses mais aussi des épines, ce débonnaire avait ses bouffées de colère.

« Mécanicien de route ! Mécanicien de route ! Mais on insulte au respect dû aux traditions du métier ! Il est possible que de jouer sur les mots permette de verser la retraite à cinquante ans. Il en est de même de l'emploi du mot “décade” pour la durée du travail comme au temps où chauffeurs et mécaniciens travaillaient dix jours et se reposaient le onzième ! Aujourd'hui, c'est en moyenne quatre jours de repos pour sept jours de boulot et on se repaît toujours du mot “décade” ! On se fout du monde ou quoi ? »

Il allait un peu loin. Même si ses récriminations n'avaient d'autre valeur que celle accordée aux rabâchages de bistrots, les cheminots visés ne se gênaient pas pour le contrer, sévèrement.

Un petit automate au perpétuel sourire et aux yeux froids derrière des lunettes cerclées l'avait particulièrement dans le nez. Il ne permettrait pas que l'on révoque en doute une profession. Il n'admettrait pas que des gâteux propagent en tous sens leurs miasmes. Il était de ces gardiens du sérail que l'on nomme les permanents. Il n'avait jamais travaillé ailleurs que dans les bureaux du syndicat mais nom de Dieu de nom de Dieu il connaissait le métier autrement mieux que les radoteurs qui, sans locomotive à vapeur, voient leur feu sacré s'éteindre. Voilà où mène l'ascendant de la nostalgie sur des gamins séniles, incapables de se priver de leurs jouets. Les générations de l'avenir étaient décidées à ne pas se laisser marcher sur les pieds. A bon entendeur salut ! Et Alexandre avait bien de la chance d'être à la retraite. Sinon... C'est ce que le petit automate vif à la rancune, sans effacer pour autant son sourire, laissa entendre un jour à Bastien. Un simple regard le rapetissa davantage.

Comme ses camarades, Bastien travaillait désormais en tenue de ville : « jean », chemise, pull, blouson ou costume selon l'humeur. Par-dessus il enfilait une blouse. Les bleus de chauffe appartenaient à la vapeur, à la suie qui collait aux parois de la cabine, aux vêtements, à la peau, aux narines, au gosier, aux poumons.

Les premières semaines, au pont Saint-Philippe (le dernier pont avant d'entrer en gare de Nice), il pensait ardemment à l'ultime voyage de la Mikado. Il aurait voulu, ce jour-là, que les kilomètres durassent davantage. « Mais un kilomètre ne fait que mille mètres », disait-il. On ne le contrariait pas. De songer à ces derniers tours de roues lui donnait la sensation de les revivre. Il pilotait la BB 22000 (locomotive bi-courant avec deux boggies, deux essieux), il baignait dans la propreté, les commodités, et il rêvait à la vieille atmosphère de sueur, de fumée, de crasse, de feux d'enfer ! A qui brocardait ce passéisme, cette célébration des résidus brûlants, de la fatigue, du zèle (« du bagne », n'hésitaient pas à assener certains), il répugnait de plus en plus souvent à répondre. Les religions ça ne se discute pas. Celui-là se contente de croire ; cet autre souhaite comprendre. Des répliques, il en avait. Mais si elles donnaient du brillant à son regard, elles allaient difficilement jusqu'à sa bouche d'avance lassée. Il fallait l'indigner pour qu'il consente à expliquer. Alors, enfiévré par sa cause, il se déchaînait comme Alexandre. « La vapeur a bouleversé pendant un siècle les transports sur la totalité de la planète. On a même installé des crémaillères afin que des trains grimpent à des hauteurs logiquement inaccessibles. Et vous voudriez que j'oublie les services rendus ! D'autant que le chemin de fer à vapeur n'a jamais détérioré le paysage parce que la locomotive à charbon est autonome. Ici pas de suspension caténaire, de fils ni de laideur. Une fois la voie tracée, châteaux d'eau et ouvrages d'art mis en place se sont inscrits dans la nature sans en détruire l'équilibre. » Son éloquence était vaine. Se faire entendre est moins commun qu'on ne le croit. D'un côté, on butait devant l'inutilité d'expliquer l'irrationnel ; de l'autre, on apparentait Bastien à une de ces dupes que la vie fabrique : on a tant vu de maris qui ignorent de leur femme ce que le quartier sait de ses infidélités (et réciproquement), trop vu de menées sourdes méconnues des victimes, trop vu de déchus qui meurent méprisés par les leurs alors qu'ils s'imaginent indispensables et adorés. Eh bien, la machine à vapeur, c'était ça pour Bastien ! Une mystification à fabriquer des cocus ! Elle lui avait fait mener une vie de corvéable à merci et il se refusait à l'admettre par peur de se dire : « Je me suis gouré ! » Le glacis d'incompréhension ne se fissurait pas. Fanatisme et imbécillité sont synonymes. Et n'étaient-ils pas des fanatiques, Bastien et ses pareils, pour ceux qui profitaient des avantages de la fée électricité ? Qu'ils aillent voir dans un journal si les ouvriers du livre d'aujourd'hui se passeraient de consoles d'ordinateurs, de « photocomposition » ! Ces arriérés font penser aux tenants de la lampe à huile, de la marine marchande à voile, du tissage de la soie sur métier à bras ! Ah, ils croient que la vapeur a ennobli leur existence à jamais ! On les retrouvera vieillards bougons, submergés de mélancolie et d'aigreur, orphelins de bonne heure de leur jeunesse, errant sur des quais parmi des hommes et des femmes pour qui charbon et vapeur ne sont même pas des souvenirs. Le temps d'une génération, des nébuleuses s'esbignent à toute allure.

Après avoir assisté à l'électrification des chemins de fer suisses, Honegger, sombre et offusqué, avait écrit la partition de *Pacific 231*. Ecoutant l'enregistrement, comme il le faisait de temps à autre, Bastien se fit des remontrances. Dans l'ampleur de la symphonie, une petite voix lui disait de ne plus se laisser divertir du primordial : être soi. Plus de palabres inutiles voire belliqueuses ! A sa manière, il se devait de célébrer la vapeur. Comme le maître ! Avec sa ferveur ! Il s'y engageait ! Par-delà les années, des nostalgies affamées de reconnaissance s'unissaient. Ainsi l'air du temps se charge-t-il d'inattendues complicités. Un frêle accord de harpe donne à voir des mondes à certaines sensibilités. Pour d'autres, ce furent les halètements d'une chaudière, le vrombissement d'un foyer, le vacarme des bielles, le glissement saccadé des roues sur des rails, l'insoutenable boucan de la traversée d'un pont métallique. On a les élégances que l'on peut.

Fin 1968, huit mois après l'arrivée à Nice de l'ultime rapide tracté par la Mikado 141 R qu'il conduisait, Bastien arrêtait son projet : construire un faramineux jouet, une locomotive à vapeur à l'échelle 1/10. Son choix se porta sur une Mountain 241 P. Il y travaillerait à ses moments perdus.

En 1989, vingt et un ans plus tard, le chef-d'œuvre était en ordre de marche. Il pesait deux cent quarante-cinq kilos, deux cent quarante-cinq kilos d'acier, d'engrenages, d'essieux, de roues, de câbles, de boîte à feu, de chaudière, de tôles, de boulons, de rivets, de pistons, de charbon, d'eau, de science, de patience, de sueur, de volonté, d'heures volées au repos, d'hésitations, de découragement, d'excitation, de plénitude. La SNCF avait permis à Bastien d'utiliser les machines-outils de l'atelier ; André Chapelon, maître en thermodynamique avec qui il se mit en rapport, le conseilla. Résultat : l'enfance ressuscitait dans les yeux de ceux qui, découvrant la locomotive, la voyaient se mouvoir sur des rails à l'écartement voulu et l'entendaient s'époumoner et siffler comme une grande.

Une fois de plus, Florence se disait qu'elle avait épousé un bonhomme peu banal. Il trouvait toujours les heures de liberté pour faire ce qu'il se promettait. Sa soif de vie essentielle lui ordonnait de respecter le proverbe : « Qui veut de la bonne eau va à la bonne source », et les mouettes qui naviguaient sur les hauteurs de « Chut ! » se posaient sur ses épaules sans appréhension. Oui ! quel bonhomme ! Il avait mis insignifiance et lassitude hors la loi. De ses mains d'or, il pouvait distraire les enfants en fabriquant de petits bateaux en bois, des avions de papier solides comme s'ils étaient en carton, des cocottes animées, des cerfs-volants chinois ou des flûtes de bambou qui réclamaient patience et application si on voulait obtenir des sons pas trop inharmonieux. Elle se souvenait du matin où, pour Laure, la fille d'Abdou qui avait sept ans, il tailla quatre fentes dans une cannisse et glissa des bouts d'autres cannisses dans ces fentes. Puis il organisa un petit cours d'eau dans la baignoire et Laure passa des heures à voir tourner un moulin miniature créé pour elle et qui la fascinait... Oui, se répétait-elle, un bonhomme peu banal ! Qu'importe alors cette tristesse que Florence avait notée depuis toujours chez lui puisque, dès qu'il s'attaquait à quelque chose, palpitant de force et de hardiesse, il paraissait se promener d'une étoile à l'autre et peut-être même au-delà.

Entre-temps, sa carrière de conducteur-électricien s'était achevée. Il avait trente-neuf ans. Il pilotait la BB 22000 depuis huit années quand, une nuit, entre La Garde et Toulon, la motrice prit feu. Le convoi immobilisé, il courut pour quérir du secours au poste téléphonique le plus proche. Des travaux de réfection sur un pont, une absence de panneau avertisseur et il s'enfonça jusqu'aux épaules dans un trou car le tablier métallique avait été retiré.

Par quel prodige de volonté parvint-il à se tirer du piège, à marcher, à téléphoner, à attendre la réparation et à remorquer lui-même jusqu'à La Seyne le train de marchandises dont il avait la charge ? L'esprit sait remporter des victoires sur les souffrances de la chair. Des copains cheminots arrêtés, suppliciés, déportés durant la guerre, le racontaient. Dans une sorte d'état second, Bastien y songeait tandis que la BB 22000 dépannée obéissait à sa main et entrait en gare de Toulon. Au matin, affolé de douleur, il lui fut impossible de quitter son lit. Du dortoir de la SNCF où il s'était couché, on dut le ramener à Nice en ambulance. Les vertèbres touchées, il mit six mois à se remettre. Quand il reprit le travail, on l'affecta aux ateliers avec son salaire de mécanicien de route : l'incendie de la locomotive ne lui était pas imputable.

De l'accident, il lui reste une légère claudication et un baromètre qui défie les bulletins météorologiques de l'univers : sa hanche. Vents, intensité des pluies, ensoleillement s'annoncent par elle. A chacun son bocal et sa grenouille. Reste aussi un ex-voto à Laghet pas très distant de celui de Gaston et son pique-feu. Bastien s'y est peint tel un acrobate bondissant d'un gouffre. Ce n'est pas qu'il y tenait. Florence, elle, le souhaitait. Sans insister. Peser sur autrui n'appartient pas à son registre. Mais comment lui résister ? Ce qui se dégage de son être joue comme un charme.

Un autre miracle, pour rêveur invétéré, survint en ces mois. Une Mikado 141 R 1108 fut amenée au dépôt de Nice. A charge à l'association des anciens de la traction à vapeur de l'entretenir. Ils s'y employèrent. Et avec quelle dévotion ! Ils la touchaient comme on flatte un animal avec ce geste si habituel aux cheminots de père en fils et comme pour s'assurer de sa présence. Tant de locomotives avaient été détruites et vendues au poids de la ferraille ! La paix jonche aussi sa route de foisonnants ravages. Bastien était le responsable de l'association. Les jours de gala, il conduisait la Mikado luisante tel un éclat de houille, vernissée comme une caroube, hors du dépôt. Destination ? Le lieu des festivités. Son chauffeur Roland l'accompagnait comme au bon temps. Mathilde Bongiovanni répétait fréquemment que « le monde est une pensée de Dieu ». Néfaste ? Bienveillante ? Quand Bastien reprenait les commandes de sa « loco », il se disait qu'en ces heures le Créateur devait être d'excellente humeur.

Ce ne fut pas le cas en mai 1976, sensiblement à la même période où Bastien fut accidenté. Grand-mère Pauline tomba en défaveur. Elle mourut en une heure. Elle ne put résister aux griffes du sort, plantées trop profond en son corps, à l'exemple de ces estocades portées trop tôt par des tortionnaires que récusent les tyrans, au nom de l'efficacité des interrogatoires. Dans leur hâte de faire souffrir, ils cognent sans doigté. Le supplicié perd vite connaissance et, à tombeau ouvert, rend l'âme, inapte à livrer des secrets. Il meurt inutilement, pourrait-on dire.

L'adversité, pour Pauline, prit la forme d'une automobile changée en projectile par des mains calamiteuses. Le projectile la percuta.

Elle prenait plaisir à se promener boulevard Franck-Pilate, ce partisan de Paul Déroulède qui consacra des années de sa vie à l'élaboration d'un texte intitulé : *La Piperie des mots*. Ceux qui sortaient de sa bouche étaient-ils exempts de reproches ? Les élus niçois durent le présumer puisqu'ils accrochèrent son nom à une voie qui n'a ni l'étendue ni le faste de la Promenade des Anglais mais qui possède des foules d'atouts dans son jeu puisqu'elle avance vers ce chef-d'œuvre de la nature qu'est le cap de Nice.

Une fois par semaine, Mathilde l'y conduisait en voiture. Assises sur un banc ou accoudées à la rambarde, toutes deux se repaissaient de l'ensorcellement de lumière. De temps à autre, Mathilde s'absentait pour faire quelques courses. Jamais plus d'une heure.

Cet après-midi-là, Pauline était seule, attendant le retour de sa bru. Elle avait attardé son regard sur un blanc navire haut comme un immeuble. Depuis longtemps, elle se demandait comment de semblables masses pouvaient flotter. Ne détectant pas plus de réponse en sa vieillesse qu'en son adolescence, elle s'orienta vers le lieu dit la Réserve, cette plage exiguë si appréciée des Niçois, où nombre d'entre eux se baignent hiver comme été. A moins d'une encablure d'elle, une flottille d'enfants, apprentis navigateurs, suivait le moniteur, voiles dehors : on eût dit d'une cane et sa progéniture. Le maître-chien, qui apprenait à ses trois élèves la meilleure façon de saisir dans leur gueule les nageurs imprudents et à les ramener sur la grève ou dans une embarcation de secours en mer, n'était pas loin. Tout la contentait : le soleil qui émiettait de l'or sur l'onde, l'air imprégné d'iode et de sel, les mouettes et les goélands comme réunis en congrès qui prenaient leur vol dès qu'un promeneur leur lançait du pain. La contentait également le souvenir de ce fragment de littoral d'antan. Elle en avait vu des changements ! Elle se les passait en revue... La disparition de la Tour rouge. Edifiée sur un récif comme un phare, c'était le point de ralliement des nageurs. Ils contournaient les rochers à fleur d'eau qui lui servaient de socle avant de repartir vers le rivage avec le sentiment d'avoir touché à la terre promise... Et le bateau en pierre, proche des viviers à langoustes : qu'était devenue son originalité ? Jadis, les jeunes gens l'escaladaient et plongeaient du haut de sa proue. C'était à qui se montrerait le plus intrépide. D'après elle, « Vivi » était le champion. On entendait répéter son nom. Elle ne savait rien de lui sinon qu'il était blond, de petite taille et qu'une telle joie physique émanait de sa personne quand il réussissait un saut qu'il en paraissait grandi. Cette ivresse corporelle constrastait avec le regard d'au-delà des choses des ecclésiastiques en herbe qui sortaient en rang du séminaire... Qu'ils étaient loin et proches les plongeurs, les séminaristes, les viragos mythiques qui dirigeaient d'une main de fer et d'une voix éraillée à force de trop crier leur établissement de bains où les odeurs d'Ambre solaire qui imprègnent les plages d'aujourd'hui étaient rares ! La présence agissante du passé distillait chez Pauline un trouble qu'elle savourait. La vieille dame redonnait vie à un monde fané, un temps évanoui. Si férue d'horoscopes, de signes, de transactions avec la fatalité, eut-elle, en dernier ressort, le pressentiment du drame qui la coucha pour toujours ?

La voiture-projectile l'atteignit sur le trottoir. Le chauffeur-criminel devait avoir l'esprit tétanisé par la furia des sons jaillissant de son haut-parleur. D'aucuns ne peuvent être mélomanes et pilotes à la fois. Son forfait accompli, il donna un coup de volant et tenta de fuir. Le moment de distraction qu'il avait eu, ce moment qui lui avait permis de faucher un être et son chant particulier, l'abandonnait. Il se ressaisissait, pour ainsi dire. Une seconde avant, Pauline, radieuse, se désaltérait d'air, de clarté, de réminiscences, de satisfaction de vivre. Brusquement, elle recrachait ces bouquets de bonheur en bouillie de sang. Des passants bloquèrent la voiture du fuyard avant qu'il n'accélère. Ils ouvrirent la portière et le contraignirent à descendre. Blême, vacillant, parant des coups qui ne vinrent pas, il bafouilla : « Je ne voulais pas m'échapper. » Des cataractes de décibels continuaient à se déverser du véhicule. Mathilde arriva avant l'ambulance. Pétrifiée, elle ne fut secouée que de sanglots. La grand-mère mourut pendant le transfert à l'hôpital Saint-Roch. Elle devait fêter ses quatre-vingt-huit ans. Un bel anniversaire en perspective. Famille et amis s'y préparaient. La nuit du tombeau est-elle propice à semblable réjouissance ? Qui nous le dira jamais ?

Le meurtrier n'était pas assuré. Les Bongiovanni surent de lui que le remords ne le tua pas. Il répétait, rapportait-on : « Ce n'est pas de ma faute, je ne l'ai pas vue. » Il était à plaindre pour tous les ennuis qu'on lui faisait. Le nombre d'irresponsables s'accroît désespérément.

Pour la ruine qui éleva l'âme de Gino Del Fiore, Bastien se fit architecte, maçon, charpentier, plombier, couvreur, électricien. « Mains d'or » donnait toute sa mesure. Il lui fallut deux années. « Chut ! » reprit vie, « Chut ! » car pour un empire Florence n'aurait changé le nom de la maison : ils conservèrent même la pierre sur laquelle les quatre lettres et le point d'exclamation étaient maladroitement gravés.

Comme dans les temps anciens, sans espérer que la terre donne beaucoup, mais par principe, ils semèrent aussi autour d'eux ce qu'il faut pour se nourrir et plantèrent trois rosiers. Certes, il n'y avait ni champs de blé, ni vigne mais le potager était bien tenu, un figuier transplanté prospérait, et quatre oliviers (des cailletiers « qui n'ont besoin de personne pour se reproduire alors que les autres oliviers ont besoin du pollen de variétés différentes », expliquait

Bastien féru de connaissances toutes fraîches) dressaient leur taille d'enfant vers l'avenir.

Bastien et Florence ne furent pas abandonnés dans leur entreprise de bâtisseurs. Alexandre les aida ; et Abdou ; et par intermittence Romuald, Gaston, Roland ; et Gabriel, l'archange, qui affirmait parfois : « J'aurais quand même réussi un truc dans mon existence ! Réunir deux êtres comme Florence et Bastien. » Et il s'invitait aux souvenances pour attendrir et égayer son théâtre intime. Il en faisait presque une chanson :

Au lac des Mille-Fonts,
Ils ont baptisé leur amour.
Se seraient-ils trouvés sans moi ?...

« Ça ne rime pas, regrettait-il, mais eux s'arrangent pour que leur vie rime avec fidélité, respect, amitié, racines, délices. D'ailleurs, il ne suffit pas que ça rime pour que ce soit poétique ! »

Libéré de l'armée, exclu du camp du Larzac par la force de l'arbitraire, Abdou avait fait appel à Bastien qui lui trouva un emploi de jardinier à Saint-Jean-Cap-Ferrat. Entre les deux hommes, peu de paroles mais un serment du genre « à la vie à la mort » : serment-diamant impossible à rayer. La proximité et l'imminence des périls les avaient rapprochés une fois pour toutes. Sur l'écran des coups de cœur d'Abdou, régnait un Bastien obstiné et grave l'arrachant au peloton d'exécution. Pour Bastien dominait la perpétuelle dignité d'Abdou, stoïque dans les grandes circonstances comme dans les embûches de la vie courante. Les mots « feutré »,

« secret » semblaient inventés pour lui. Et puis, quand on sauve la peau à quelqu'un, on s'y attache.

Alexandre se prodiguait du matin au soir sur le chantier, assisté souvent de Florence. Abdou et Bastien tentaient de concilier leurs jours de repos pour s'y rendre dès l'aube.

Musculeux, à peine moins imposant que son père et son fils, Alexandre c'était du solide. Quand il croisait le regard de Florence, un bon sourire éclairait son visage aux larges traits, au nez saillant. Il la voyait retrouver les gestes de ses ancêtres piémontais, durs à la tâche, capables d'arracher à la terre plus que sa générosité paraissait n'en devoir fournir ; ce comportement l'attendrissait. « Si ma famille me voyait ! » s'exclamait Florence, tandis que de ses mains aux doigts fuselés, elle soulevait de surprenantes charges.

De famille, elle n'avait plus que les Bongiovanni. Les siens étaient morts jeunes : son père dans un accident (une pelle mécanique avait versé sur lui), sa mère d'une leucémie imparable. Quant à ses grands-parents, qui incarnaient le labeur acharné, ils s'éteignirent après l'avoir élevée. D'eux, elle tenait l'opinion qu'en moins d'un siècle les Italiens s'étaient répandus aux quatre coins de la terre et avaient édifié des villes plus qu'aucun autre peuple. « Au bout du monde, il y a un mur et derrière ce mur il y a un Italien », répétait le grand-père. Avec une telle hérédité comment ne pas être inspirée par les parfums de mélancolie et de sentimentale excitation qui émanent d'une ruine ? Bâtir, rebâtir et appareiller vers la vie ; sans lever l'ancre, une maison vogue vers l'aventure.

Tout en nerfs, aigu comme une lame, sur la foi du physique qui souvent détermine le comportement, on aurait pu imaginer Abdou en vif-argent, animé par ces feux qui consument ceux qui les abritent. A l'opposé, ses gestes étaient lents comme si le glissement des heures ne l'inquiétait pas. Au rebut le sablier des jours ! On peut être bourré d'espérances et ne pas s'agiter outre mesure pour les satisfaire. On travaille sans accorder la prédominance aux rêves grossissants et aux vanteries qui tourneboulent l'esprit. « Il n'a rien d'une cervelle chaude », avait dit le capitaine à Ghardaïa. « C'est un philosophe », renchérissait Bastien. « Ça explique tout ! rigolait Abdou. Autrement dit, M. Corrado, mon maître d'école de Tlemcen, n'a pas perdu son temps ! » ajoutait-il. Et les rides de son visage, comme taillées dans du sable compact, convergeaient vers les souvenirs heureux qui lient et non vers ceux qui séparent. Philosophe ou pas, une évidence s'imposait : Abdou ne renâclait pas à la besogne.

Le 9 août 1982, jour de la Saint-Amour, « Chut ! » ne justifia pas son nom. On pendait la crémaillère. Il y eut des chants, des rires et du vin pour stimuler les uns et les autres. Le diapason des conversations s'en ressentit.

Florence avait choisi la date. Le nom du saint la ravissait et surtout elle connaissait divers épisodes de sa vie. Etaient-ils exacts ? On hérite ainsi des fables les plus inattendues. Avec Bruno, son grand-père, elle était servie. Il aimait à raconter des histoires où le Petit Poucet, Pinocchio, le Chat botté, Blanche-Neige ne tenaient pas le devant de la scène. Ses héros étaient plus imprévus. Ainsi Amour, chrétien d'Orient, martyrisé par le cruel empereur romain Maximilien Hercule. Pourquoi le supplice ? Parce que requis de force par une cohorte romaine, Amour, que la canonisation guettait, refusa d'assassiner des Helvètes convertis au christianisme. « En ces heures cruelles et héroïques, évoquait Bruno en italien ou en piémontais afin que sa petite-fille se souvienne des parlers de ses ancêtres, les légionnaires Maurice, Exupère et Candide furent massacrés pour la même raison. » Des prénoms s'enfoncent dans l'oubli ; d'autres, comme celui d'Exupère, fût-ce pour une seule famille, passent la rampe des siècles parce que la lubie d'un original en décide.

Florence ne se cachait pas de concéder maintes fois à l'optique du passé. Le respect envers son grand-père l'y invitait. Elle l'avait tant chéri ! Elle essayait de comprendre comment ce vieil homme (elle le trouvait vieux, mais, au vrai, il avait soixante-cinq ans quand il mourut) s'était toujours ouvert au désir d'apprendre. Il était maçon comme Gino Del Fiore. Il n'avait fréquenté l'école de son village natal, Borgo San Dalmazzo, dans la vallée du Gesso (la vallée du plâtre), que peu d'années. Cependant, il savait l'Histoire sainte ainsi que l'histoire des ducs de Savoie, des princes du Piémont et des comtes de Nice comme s'il promenait assidûment dans les livres sa nostalgie de ces terres quand elles ne formaient qu'un seul pays. De loin en loin, quelque peu malicieux, il faisait état de ses lumières. Réciter, de même, des pans de *La Divina Commedia* lui était habituel. Il tirait amusement de l'effet qu'il produisait. Que serait-il devenu s'il avait suivi des études ? Florence s'interrogeait sur les mystères et le potentiel des intelligences négligées. « De quelles forces inexplorées le monde se prive ! » disait-elle.

Il était minuit passé quand les invités quittèrent la maison. Florence et Bastien recommandèrent la prudence : la route est étroite, les précipices profonds, le vin mauvais conducteur.

— Personne ne veut coucher ici ? suggérèrent-ils encore.

On voulait les laisser seuls.

Bientôt il n'y eut plus aucun bruit, à part ceux de la nature : le cri des oiseaux de nuit, le craquement d'une branche, le remuement des ombres. A cent lieues, la lune allumait d'innombrables paillettes d'argent sur la mer. Au-dessus de leur tête, l'immensité du ciel réduisait plus encore les petitesses terrestres. Ils eurent froid. Ils bouclèrent la porte, tirèrent les volets. Une déconcertante et désagréable sensation d'isolement et de crainte les tourmenta. Ils s'étreignirent. Saint Amour veillait. L'étrange malaise déguerpit. Le corps de Florence émergea de sa robe. Toutes les fêtes du monde ne pouvaient valoir cet instant. On peut mourir d'un excès de magnificence, de plaisir et d'absolu, songea Bastien en l'entraînant vers le lit. L'idée de mort qui le crucifiait si obstinément lui parut douce. Au matin ils ne dormaient toujours pas.

Ainsi passèrent les mois et les années. Ils avaient une maison dans un paysage à goût de soleil, de brises, de fleurs, de pierres, de terre, de mer, de nuages, de chimères. Ils avaient, dans une pièce, la réplique d'une locomotive Mountain. Ils avaient des mains jointes sculptées par Firmin et une tête de Brassens due au ciseau de son fils. Ils avaient des toiles, des dessins de Bastien et, accrochés à un mur, comme des œuvres d'art, les lunettes et le foulard à pois d'Alexandre. Ils avaient l'amour. Manquaient à l'appel : l'ennui, l'envie. Manquait l'oubli des ressources que l'être humain a en lui. Avec son instinct intact, Bastien conservait aussi bien le sens de la cueillette des premiers hommes que les gestes de ceux qui surent devenir paysans. S'il allait aux champignons, aux myrtilles, aux mûres, aux figues, aux framboises, aux fraises des bois, Florence (elle l'accompagnait souvent) prévoyait de fourbir casseroles et bocaux car le ramassage excédait les besoins du jour. De délicieuses odeurs de gelées et de confitures se répandaient alors dans la maison. Tous deux n'omettaient pas les végétaux et les simples, précieux pour les infusions, les décoctions, les macérations : d'où elle était, grand-mère Pauline demeurait vigilante. Quant aux tomates, aux haricots, aux salades, aux courgettes, aux poireaux, ils avaient la saveur de ceux que l'on cultive soi-même. Seuls les oliviers ne se faisaient pas à la terre du parc de la Revère. Bastien leur avait donné les noms des mousquetaires. Mais les d'Artagnan, Aramis,

Athos, Porthos de l'espèce cailletiers avaient triste figure. Leur sève paressait. L'œil de paon, le noir de l'olivier, ces champignons hostiles et tenaces, sévissaient.

— Tout ce qu'on a, tu l'as gagné, murmurait Florence.

— On l'a gagné tous les deux, répliquait Bastien. Crois-tu que j'aurais eu la même envie de travailler si tu n'avais pas été là ?

Elle posait sur lui un regard d'une lumière si pure qu'il avait la sensation de jouir chaque fois de décisives minutes. La gravité se dessinait alors sur leur visage. Leurs lèvres ne souriaient plus. Des ondes les traversaient. Le désir les incendiait. La vie qui circulait dans les arbres, les buissons, les herbes leur communiquait son chant. Tout datait des commencements du monde et tout vibrait de jeunesse. Il y a des bonheurs que l'on ne peut différer sous peine de ne se le pardonner jamais.

Comme le fit William Turner, le premier, comme le firent Camille Pissarro, Gustave Caillebotte, Alfred Sisley, Adolphe Menzel, Armand Guillaumin ou Claude Monet qui, au printemps 1877, présenta sept toiles inspirées par la gare Saint-Lazare au Salon des Impressionnistes, comme Eugène Delacroix et son *Dépôt de Paris-La Chapelle*, Bastien peignait l'univers des trains à vapeur. L'objectif ? Traduire force, vitesse et l'esprit qui se dégageait de ces tonnes d'acier. Comment administrer tant de sensations ? Une « loco » c'est un état d'âme et de saisissantes images que blessent les regrets puisque le modernisme et les brutaux impératifs du changement ont voué des trésors à la casse.

En 1972, Bastien avait reçu le prix de *La Vie du rail*. Pour Pauline ce fut une fois encore la preuve que son petit-fils vivait sous d'heureux auspices. Pour Mathilde et Alexandre, la fierté flamboyait toutes antennes dehors. Pour Florence, le destin avait les mains pleines de fleurs. Elle aima la lettre officielle qui annonça la récompense et son montant : « ... 450 francs desquels sera déduit le pourcentage de 15 % prévu par le règlement au profit de la Caisse des œuvres sociales de l'UAICF, soit 67,50 francs » ; cela ne faisait pas lourd pour l'Union artistique et intellectuelle des cheminots français. Le banquet eut lieu à Paris, rue de Milan. C'était la première fois que Florence se rendait dans la capitale. Elle avait une robe rouge et noir. Nature et grâce ne faisaient qu'un. La vocation de Florence était d'être belle. A l'heure des remerciements, Bastien parla du rôle de la fumée : « Pour le peintre, la fumée de la locomotive, en même temps qu'elle donne le sens de la circulation, suggère la rapidité du convoi », fit-il. Et alors qu'on pouvait s'attendre à un long poème épique et radoteur sur les chemins de fer à vapeur, il se borna à ces paroles de piété : « Que l'on me pardonne, mais je vois là une humanité que les motrices électriques ne proposeront jamais. » L'amère et rêveuse cantilène ne changeait pas.

Des années après, lauréat du prix Emile-Schéfer, il tint un identique propos, y ajoutant : « Avec le passage de la vapeur à l'électricité on n'a pas seulement changé le mode de traction. On est passé d'un métier à un autre. » D'une nature inaltérable, avec brièveté ou non, il ne perdait donc jamais une occasion de rappeler ses idées que les plus jeunes considéraient de plus en plus comme d'insupportables partis pris. Il y mettait même quelque ostentation. Il faut bien asticoter un peu autrui. Pour les uns « Mains d'or » était saint Jean Bouche d'or ; l'envie de lui frictionner les oreilles ne manquait pas chez d'autres. « C'est un anarchiste ; il ne fait rien comme tout le monde », disait-on. Ou bien : « Avec son obsession de la vapeur, c'est l'homme des idées mortes. » Et encore : « Il faut se méfier de ceux qui vont vivre seuls ou presque dans des coins perdus. A force de ne voir qu'eux-mêmes ils gambergent et perdent la boule. » Que l'on énonçât des phrases gentilles, que l'on tienne ses théories ferroviaires pour blessantes envers les mécaniciens de route modernes ou que, chassé d'une certaine qualité de vie, on soulage ses dépits en crachant du venin, Bastien n'engendrait pas l'indifférence. Et « Chut ! » faisait des envieux.

On garde souvent l'empreinte de la terre qui nous a vu naître. Tel ou tel s'emploient à la glorifier. On l'a vu à Ghardaïa : Bastien était de cette race. D'aimer les ponts qui enjambent fleuves et combes, les rails qui traversent ou chevauchent montagnes et collines, les cheminées des trains n'interrompit jamais son tête-à-tête plus sédentaire avec la Provence et le comté de Nice comme s'il attendait de cette terre quelques confidences propres à l'aider à mieux exprimer les images enchantées qui emplissaient ses yeux et son cœur. De ses observations, de sa complicité avec le réel, de son attachement, de son penchant à prendre son temps dans une période de presse et de désirs sitôt assouvis, sitôt obsolètes, Bastien tira toujours de nobles enrichissements. Il les offrait à ses toiles dans la quiétude de son atelier ou dans la belle solitude de celui qui peint sur le motif. Trop fréquemment une culture mal digérée saccage l'instinct sans que l'intelligence le remplace. Il échappait à la méprise. Il s'obstinait à poursuivre son entretien avec la nature sans en déranger l'ordonnancement, visant à assouvir sa passion de vérité. Il faisait son credo d'une maxime du peintre marseillais René Seyssaud, qu'Alexandre avait connu à Saint-Chamas : « On tue l'art comme la foi en le raisonnant. » Il n'aimait pas les paradoxes de Picasso dans le genre : « Lorsque tu fais un paysage il faut d'abord que ça ressemble à une assiette » ou « Si tu peins un portrait, tu mets les jambes à côté de la toile. » Il s'en impatientait même. Le mot nature revenait quand il soutenait que Seyssaud n'avait pas voulu d'autre maître qu'elle ou s'il s'emportait contre une assertion d'Anatole France : « Les termes d'art et de nature sont contradictoires. »

Son emportement durait peu. Il se demandait même s'il était justifié, mais il retournait vite à sa minutie, à sa volonté de saisir quelques tremblements furtifs, des frémissements d'âme, quelques présences floues flottant dans l'atmosphère. Il soufflait sur son bonheur de peindre avec probité comme on le ferait sur un tison, de peur qu'il ne s'éteigne.

« Ça ne me gêne pas, expliquait-il, de mettre les pieds où je les ai mis la veille. Moins je bouge et moins les images que j'amasse me sont confuses. » Le bourlingueur de voies ferrées se délectait d'une marche en forêt, s'étonnant toujours du spectacle de la vie.

« En définitive l'artiste est un type que la vie étonne », disait-il.

Se considérait-il comme un artiste ? Il n'en montrait pas la vanité. Tel Auguste Renoir, il aurait souhaité l'appellation d'« ouvrier de la peinture » car « il faut une foutue dose de prétention pour croire que ce qui sort de notre cerveau vaut mieux que ce que nous voyons autour de nous ».

« Ce que j'espère, ajoutait Bastien avec son accent du Midi qui ne négligeait la prononciation d'aucune syllabe, c'est donner raison à ce vieux paysagiste qui disait : "Les peintres ça vit vieux parce que ça vit toujours dehors et ça ne pense à rien." » Il clignait de l'œil et, resplendissant de santé physique et d'entrain, il s'en allait imiter ce qu'un paysage soumettait à son regard, espérant que son émotion, ce jour-là, soit inspirée et ajoute un grain de sel fait d'hypersensibilité et qui sait ? peut-être ? une fois ? d'inspiration divine. Artiste ou pas : sa vitalité, dans le fond, voyait grand.

Les dimanches étaient l'occasion de rassemblement chez les Bongiovanni. « Chut ! » vibrait d'exclamations, de musique et de bravos. Florence et Mathilde se dépensaient à la cuisine secondées de temps à autre par Laure, la fille d'Abdou, et par Jeanne, l'épouse de Roland, le chauffeur de Bastien qui, depuis la retraite, avait pris de l'embonpoint et une nuque d'apoplectique. Nuque et embonpoint étaient causes de querelles ménagères. « Tu devrais faire attention ! Tu n'es plus sur une locomotive à suer sang et eau, bougonnait Jeanne avec des reniflements d'impatience. Mange moins ou fais comme Bastien : active-toi ! » L'estomac de Roland ne l'entendait pas de cette oreille et son propriétaire n'avait de dispositions pour la marche ni pour le bricolage. Ses exercices physiques se bornaient à quelques parties de boules. Pour les ramasser, il disposait d'une pince fixée au bout d'une tige ; le système lui évitait de se baisser.

A propos d'occupations et de bricolage, Bastien les épata encore. Il usina d'abord un rouleau compresseur à l'échelle 1/8 d'un poids de quatre-vingts kilos. Il n'avait rien imaginé de mieux pour tirer les stères de bois placés dans un chariot et pour promener un regard qui se voulait plein de modestie, mais où perçait un orgueil enfantin, sur les témoins de ses prouesses de constructeur.

Et il y eut la voiture sport bleu azur.

Elle était née d'une Triumph GT six cylindres en ligne, bien mal en point quand Bastien l'acquit. Il en dessina, fabriqua et peignit la nouvelle carrosserie, renforça le châssis, refit les freins, la direction, le moteur. Son œuvre terminée, il sollicita un rendez-vous de Monsieur l'ingénieur des mines, personnage inflexible à l'exigence scrupuleuse. Prévoyance oblige. Cet homme intègre et pointilleux parut contrarié. Trop de paramètres entraient en jeu — qualité des métaux, solidité des structures — pour qu'un particulier obtienne le « certificat technique de conformité qui autorise le véhicule à rouler ». Bastien insista. Il enrichit son dossier car la presse avait consacré des articles au modèle réduit de la Mountain 241 P conçu par lui. Cette véritable œuvre de compagnon avait été exposée au Palais du Festival à Cannes lors de manifestations organisées par la SNCF. « Si l'automobile est comme la loco, amenez-la-moi », consentit à dire l'ingénieur des mines. Son sourire contraint se nuança. Dans ses yeux, à la méfiance succéda une flamme d'intérêt.

Aidé par Roland, Bastien remorqua sa dernière lubie à la préfecture. L'ingénieur l'essaya. Il fut conquis. « Ne recommencez plus ! conseilla-t-il avec un air de maître d'école qui gronde l'enfant prodige. Je n'aime pas décourager les bonnes volontés mais lancer une voiture sur les routes est une grande responsabilité.

— Je ne recommencerai plus », promit Bastien.

Ils discutaient face au port de Nice. Des poussières dorées dansaient dans le soleil. La mer était lisse et nacrée. A peine battait-elle contre les rochers de la villa la Côte, les éclaboussant de touches d'argent. Sur ce trottoir, devant lui, la mort avait emporté Pauline dans ses filets. Bastien y pensait fort. Pauvre et secourable Pauline ! Comme s'il voulait lui dire qu'il ne la décevrait jamais, comme si, à travers elle, il rendait hommage au grand-père Firmin de « l'académie des Beaux-Arts de Marseille », il se jura une nouvelle fois de consacrer davantage de son temps à la peinture. Il ne dérogerait plus à son vœu.

Là-haut, dans son repaire, Florence attendait. Quand il travaillait à la voiture, il lui avait demandé de ne pas pénétrer dans le hangar-atelier. Le matin où il l'invita enfin, il leva la bâche qui recouvrait la ressuscitée. « Florence... Je te présente Florence », fit-il. Sur l'écusson, à l'avant, indiquant la marque, elle vit les trois syllabes de son nom gravées. Un grand silence s'établit. Il était fait de fluides, ces fluides qui, de plus en plus, les attachaient l'un à l'autre. Elle pensait qu'une fois encore il l'avait surprise. Mais comment saurait-elle exprimer toute la tendresse et l'enthousiasme qui la chaviraient ? Lui, selon ses forces, ses qualités, à sa mesure, il se disait qu'inlassablement il ferait tout pour lire et relire dans les yeux de sa femme cet étonnement heureux qui le bouleversait.

Quand la voiture bleu ciel déboucha du dernier virage, elle sut qu'il avait obtenu des autorités la permission de s'en servir. Elle ferma la porte de la maison et attendit sur la route. Il l'installa à son côté. Ils revinrent aux petites heures du matin. Ils avaient roulé longtemps mais ils s'étaient aussi arrêtés dans des coins isolés. L'adolescence bouillonnait toujours dans leurs veines.

Dans les chansons qui suivaient les déjeuners de fin de semaine, Brassens se taillait la part du lion. Bastien prenait sa guitare. Il attaquait le texte avec un léger retard sur son propre accompagnement et montrait à un auditoire parfaitement convaincu que leur champion « swinguait ». C'était le verbe que tous répétaient, tapant du pied sur le sol, du plat de la main sur la table ou le dossier d'une chaise. Les Dames du temps jadis, l'escholier François, Fanchon-la-cousette, Margot-la-blanche-caille, les Vénus de barrière, le nombril des femmes d'agent, la cane de Jeanne, la jolie fleur dans une peau d'vache, le joueur de flûteau, les sabots crottés d'Hélène, le grand Pan protecteur des ivrognes swinguaient, Brassens swinguait et Bastien, transcendé par l'exemple, swinguait aussi ; sans immoler au son, le sens.

— Il y a du chanteur de blues en Georges, précisait Romuald. D'appeler Brassens par son prénom lui procurait un grand contentement. Ça se voyait.

Le neveu de Gino Del Fiore faisait autorité. Vin et exaltation poétique aidant, possibilité était envisagée que le fantôme de son oncle, le bûcheron des Abruzzes, se baladait dans les parages, déchaîné, éperdu de reconnaissance envers Florence et Bastien qui avaient débarrassé « Chut ! » de l'inutilité, du vide en remettant la ruine debout. Bon guitariste, Romuald jouait avec des orchestres quand l'occasion s'en présentait. Il ne déparait pas. Auprès de lui, Bastien n'était qu'un amateur, doué certes, mais amateur tout de même.

— Tu ne pratiques pas assez, expliquait-il. N'oublie pas la remarque de Brassens : « Sans technique, le don n'est qu'une sale manie ». Ne serait-ce que pour réussir trois accords, il faut s'exercer au moins deux heures par jour.

— Il ne peut pas tout faire, même si un travail le

repose d'un autre, alléguait Florence. Et d'énumérer : une maison, une locomotive, une voiture, un rouleau compresseur, un potager, des tableaux et de temps à autre des desserts. Sans compter qu'il veille toujours sur moi.

Elle riait, gracieuse et délurée. La lumière intérieure qui émanait d'elle irradiait l'atmosphère. Elle avait le ciel dans l'âme.

Après la pissaladière, le lapin sauté à la mode de Gairaut (les femmes n'oubliaient pas les croûtons frits dans l'huile, ornementaux et savoureux), entre Colombine, le-petit-cheval-mort-sans-voir-le-printemps et Gastibelza-l'homme-à-la-carabine, les desserts arrivaient. Quand il s'y consacrait, Bastien se montrait fidèle à la réputation que sa mère lui avait faite depuis l'enfance. Son riz aux pignons, ses beignets d'amandes étaient bons ; sa tourte de blette exceptionnelle. La meilleure avec celle de la Belle Hélène, figure du folklore niçois. La Belle Hélène tenait un restaurant. Sa notoriété comme personnage égalait ses talents de cuisinière. Le président de la République, le secrétaire perpétuel de l'Académie française, Mike Tyson auraient débarqué en son royaume qu'elle leur aurait parlé « nissart » comme aux habitués. Le motif invoqué ? La pratique du français ne lui permettait que des approximations. Elle ne l'employait qu'en de grandes circonstances. Un soir, un de ces esquifs qui ne savent pas qu'ils dormiront un jour entre quatre planches se présenta tardivement chez elle, dominateur, plein de lui-même, avec trois autres personnes. Il réclama une table sans l'avoir retenue.

— Je regrette, c'est complet, fit Hélène.

Inapte à modérer sa fatuité, le regard ailleurs, d'une morgue qu'il prenait pour de l'autorité, l'arrogant s'impatienta :

— Mais je suis...

Elle l'interrompit.

— Oh, vous savez, hier soir j'ai refusé le pape.

Elle racontait que le jour des morts, respectueuse de la coutume, elle se rendait sur la tombe de son époux qui se prénommait Ange. Invariablement, un modeste bouquet achevait de mourir sur la dalle. Une main l'avait donc précédée. Elle en concluait que l'offrande venait d'une visiteuse, une des innombrables maîtresses qu'elle prêtait à feu son séducteur de mari. Une opulente gerbe remplaça une année le petit bouquet habituel. Le commentaire d'Hélène ? « Ma rivale a dû gagner au loto. »

Si on lui disait que rien ne prouvait que son mari avait collectionné tant de maîtresses et qu'elle exagérait, elle répondait : « Et alors ? Je lui fais de la réclame ! Là-haut, s'il m'entend, il doit être content. »

Les premières bouchées de tourte de blettes préparée par Bastien amenaient immanquablement ces histoires. On a tous nos « madeleines ». Tantôt l'anecdote se répétait et on faisait mine de la découvrir. Tantôt, inédite, elle ajoutait à la légende de la Belle Hélène.

Brassens n'était pas le seul à l'affiche. Il y avait Brel, Ferré, Félix Leclerc, Nougaro, Piaf, Aznavour. On célébrait Marseille, la Corse, le Piémont, Naples, le tango, la valse et les Tziganes avec Django Reinhardt et *Mon pote le gitan*, « le seul succès de Jacques Verrière », disait Bastien. Tous chantaient, à tour de rôle ou en chœur. On tombait dans la rengaine. On s'en délectait.

Le dimanche, quand gazouillait le printemps ou que cigale après cigale s'annonçait l'été, il y avait souvent autant de monde que le jour où fut pendue la crémaillère. Chacun remettait tout en ordre en partant.

Le calme revenu, Bastien et Florence se retrouvaient, heureux de la fête d'amitié que la journée leur avait donnée. Le soleil flambait au couchant. La grande symphonie de la nature virait au pourpre.

Un soir, Florence évoqua la légende indienne du condor. Quand le soleil était au plus bas, qu'il risquait de se fracasser contre la terre ou de se noyer dans les océans, le grand oiseau noir s'en saisissait, l'emportait vers les cimes et disparaissait. La nuit s'installait avec les terreurs qu'elle engendre. A l'aube, le condor reprenait le soleil sur ses ailes, filait telle une flèche, planait, tournoyait et le rapportait aux pauvres hommes qui avaient eu si peur de ne pas le revoir.

« Et s'il ne revenait pas », se dit Bastien. Mais il se tut. Il savait combien, dans le noir, le cafard étendait ses droits sur lui. Demain il ferait jour. Florence avait raison. Comme d'habitude, il prendrait son chevalet, ses pinceaux, ses crayons, ses tubes de peinture et, loin de la chape d'ombre, bravant les risques qu'encourt la nuance quand le soleil est à son plus haut et écrase tout, il tenterait, armé de ses faillibles mesures, de réduire le fossé qui sépare l'inexprimé de l'empire des bonnes volontés. Demain, les galops de l'angoisse s'évanouiraient dans un carrousel de nuages sur fond de ciel.

Florence leva vers lui son regard. Il eût voulu que le sien exprimât vigueur, énergie et, en même temps, qu'il soit plus doux qu'un duvet, un velours, un satin, un pétale de rose. N'était-ce pas ridicule ? Une nouvelle fois, il se sentit fondre. « Après tant d'années ! » songea-t-il. Mais pourquoi cette tristesse latente toujours prête à le molester, tristesse aiguisée même par des souffrances qu'il n'avait pas endurées ? Ah, cette présence âpre, agissante de la mort !

Florence glissa son bras sous le sien. Le désir qu'il avait d'elle balaya tout, sinon cette vénération qui les ennoblissait tous deux. Elle eut un geste inachevé pour désigner la longue traînée d'un avion à réaction. Il y eut un éclat de soleil puis de platine sur la carlingue. Ce furent les derniers. La trace s'effilocha ; disparut. Et l'horizon. Et les montagnes. Les étoiles triomphaient. Demain l'oiseau reviendrait, les ailes ondoyantes d'allégresse ou lourdes de leur fardeau de vie : il n'y a pas que le temps dont l'humeur varie. Il pensa à la mort d'un poète grec de l'Antiquité. A trop se soucier de perfection, le poète avait perdu ses cheveux. La recherche du beau et du vrai a de ces voracités ! Il en avait lu l'histoire dans un de ces livres de distribution de prix à couverture rouge, à tranche dorée, ornés d'enluminures. Un aigle avait été l'instrument du destin. Comme le grand oiseau noir de la légende, lui aussi était revenu au matin. Il ne portait pas le soleil dans ses serres mais une tortue. Il la laissa tomber sur le poète. Il avait pris son crâne chauve pour un rocher.

Et le malheur revint. Jamais seul comme il se doit. Un complot. La noire messagère désirait rappeler qu'elle avait plus d'un tour dans son sac. Quand le désir l'en prend, elle les brandit. Le désœuvrement n'est pas son fort. A l'accident où Bastien avait failli perdre la vie avait succédé la mort de Pauline. A leur tour, Alexandre et Mathilde furent frappés. Lui mourut d'un arrêt cardiaque comme son père. D'aucuns mirent cette fin sur le compte de fatigues accumulées lors de la construction de « Chut ! ».

« A son âge, on ne fait pas de tels efforts ! » soutinrent des voisins de bonne volonté. La perfidie s'affichait quand ils insinuaient : « Son fils n'aurait jamais dû permettre ça ! Mais avec Bastien on n'en fait jamais assez ! » Compassion et esprit critique délibéraient en eux. La critique l'emportait. Peu importait si Alexandre avait exigé de faire sa part de besogne et davantage même. « Tu me crois fini ! » s'insurgeait-il quand Bastien le freinait. C'est un homme encore robuste que la faucheuse moissonna une nuit d'automne. Il avait soixante-dix-huit ans. « Chut ! » était terminée depuis deux ans.

Mathilde lui survécut peu. Dès que son mari fut revêtu du bleu de travail (il le lui avait demandé puis rappelé quelques fois : « A chacun son beau costume pour le grand voyage », plaisantait-il à l'image de ces gens du Midi qui raillent la mort), que ses mains furent jointes et qu'on partit pour le cimetière, elle habita le pays des yeux irrémédiablement tristes. Plus rien ne la dérida. Avec Alexandre, c'était une trop grande partie de son existence qu'on avait amenée en terre.

Florence et Bastien se prodiguaient pourtant, cachant leur propre peine. De temps à autre, Mathilde abandonnait la chaise où elle était prostrée et marchait vers la porte de sa chambre. Elle ne l'ouvrait pas. Elle oubliait ses mains, ses mains de femme qui savaient faire tant de choses. Elle était comme un oiseau de liberté qui, les ailes affolées, heurte les barreaux de la cage qui l'emprisonne. Car elle s'énervait soudain et tapait sur les cloisons, les poings rageurs. Rêvait-elle des espaces infinis d'où l'on ne revient pas et où l'attendait Alexandre ?

« Ils s'aimaient trop », murmurait Florence.

« Est-il préférable de moins s'aimer pour ne pas vivre l'absence de l'autre comme un enfer ? » se disait Bastien.

« Pendant longtemps, il n'y a eu que peu de minutes au monde qu'on ne trouve agréables, et voilà que pour celui qui reste c'est le gouffre », ajoutait Florence comme si son mari avait parlé à haute voix. Cela arrivait souvent. Immergés l'un dans l'autre, ils s'entendaient penser.

Il y avait de la neige, Promenade des Anglais. Les enfants niçois s'en émerveillaient comme d'une denrée rare ; les touristes pleurnichaient : ils n'étaient pas venus « ici pour ça ». Les oliviers souffraient du froid. La mer montait et reprenait provisoirement des territoires que les hommes lui grignotent. Les mimosas bandaient leurs forces pour résister et préserver l'explosion d'or que le soleil d'hiver, vite revenu, ne manquerait pas de provoquer. La mort creusait de plus en plus le visage de Mathilde. Elle ne quittait plus le lit. Elle ne se heurtait plus aux cloisons. Bastien et Florence avaient déserté leur maison pour vivre chez elle.

Un soir, elle sortit de son mutisme. Sa voix était basse. Bastien était à son chevet. Il relayait Florence. Il s'approcha, tendit l'oreille.

— On ne s'est jamais beaucoup parlé dans la vie.

Elle avait les yeux fermés. Ses lèvres bougeaient à peine. Elle mit près d'une minute pour prononcer ces paroles.

— On s'aime, c'est pour ça, répliqua Bastien.

— On a tort de ne pas consacrer plus d'heures à ceux que l'on aime.

On sentait qu'elle rassemblait ce qui lui restait d'énergie. Elle transpirait. Le souffle se faisait court. Il pensa à tout ce qu'il avait entrepris et mené à bien depuis l'enfance. Il songea à cette phrase que Florence tenait de son grand-père le familier de Dante et que Dante tenait de Sénèque. *Se l'uno dei piedi avessi nel sepulcro apprendere vorrei* (Avec un pied dans la tombe, je voudrais encore apprendre). Mais n'était-ce pas trop de semaines, de mois, d'années volés à l'amour des siens ? Il songea aussi aux heures inemployées, aux heures perdues à regarder une crétinerie à la télévision, à parler à des êtres et on n'a rien à leur dire, à jouer au blagueur sans s'en amuser vraiment comme ces gens qui croient faire la fête quand ils en imitent les gestes et les grimaces, aux détériorations dont on est les premières victimes car on s'obstine à glisser nos vies dans des habits nullement taillés pour elles.

Mathilde leva son index puis secoua la tête

comme pour ébouriffer ses cheveux en un mouvement de jeune fille. Elle entrouvrit les yeux.

— Ta main, Alexandre, souffla-t-elle.

Bastien sursauta à peine. Il lui donna la sienne. Il y eut du bonheur sur le visage de sa mère. La mort battit en retraite. Ce ne fut qu'une tactique. Reculer pour mieux sauter. Elle sauta. Mais sur les traits de Mathilde, le bonheur tint bon.

— Mon Alexandre, mon Alex, balbutia-t-elle.

Et ce fut fini.

II

Il est tôt. Levé aux aurores, Bastien, selon l'usage, écoute la radio, prépare le petit déjeuner de Pitchounette avant de déjeuner lui-même puis d'entrer, plateau comme une offrande, dans la chambre où Florence incarne la Belle au bois dormant. Au vrai, elle entend et devine aisément ce que fait Bastien. Les bruits la renseignent. Les odeurs. Il change l'eau du bol du chat, ouvre le robinet du gaz, actionne le briquet, met la hotte aspirante en marche, grille une tranche de viande blanche qu'il mélange à des courgettes écrasées cuites la veille (le vétérinaire s'est montré intransigeant : Pitchounette doit manger des légumes. Poireaux ou courgettes. Seules les courgettes assaisonnées d'un trait d'huile d'olive et d'une pincée de sel sont tolérées par la fine bouche), place la soucoupe pleine au sol. Il y a encore la ventilation stoppée, le café chaud et le pain grillé qui embaument, les couverts qui vont du tiroir à la table, la cuillère dans la tasse, la vaisselle sommaire et la voix de Bastien qui flatte la chatte.

« Quand tu t'adresses à Pitchounette, tu es d'une douceur que tu n'as pas envers moi », ironise Florence.

Un soir, elle l'a surpris se livrant à un long exposé en langage-chat. Dès qu'il terminait une phrase, Pitchounette miaulait. Qui rêva jamais ponctuation plus distinguée ? Si la chatte était princière, Bastien était de plus en plus bêtifiant. Il s'aperçut de la présence de Florence ; le rire s'empara d'eux.

Pitchounette n'aura pas de descendance. Les liens charnels ne sont pas tout l'amour. Sa liaison avec Hercule l'atteste. Hercule est le matou qui loge dans les bâtiments voisins. Ils abritent une des trente-deux écoles de par le monde où l'on éduque les chiens guides d'aveugles. Comment a-t-il échoué là ? Fut-il abandonné, déjà adulte, à proximité ? Qui l'avouera ? Par chance pour l'homme, Dieu n'a pas doté les animaux de parole. Hercule fait bon ménage avec l'espèce canine du refuge. Est-ce parce que l'on enseigne aux chiens, avant toute chose, à se tenir tranquille ? « A ta place, attends » « A ta place, attends » ! On répète si souvent cet ordre que l'animal — au début du dressage — croit que « A ta place, attends » est son nom. La robe d'Hercule est pommelée. Il a les joues plus rondes que la plupart des chats et chausserait davantage que ses congénères si on s'avisait de le botter. Il mesure trente centimètres de plus que Pitchounette (des sourcils au bout de la queue non étirée elle en fait quatre-vingts) et pèse huit kilos. Il n'usurpe pas son nom. Mais celui d'Abélard lui siérait mieux : pour leur commodité, les hommes sont sans pitié.

Chaque matin, Hercule se dirige vers « Chut ! ».

Il se pointe à 10 heures. A-t-il une horloge en lui ? Pitchounette n'est pas moins exacte : leurs deux cœurs sont à l'unisson. Elle le regarde venir. Elle n'avance pas mais son pelage noir et brillant de chat en bonne santé frémit comme celui d'un cheval excédé par les taons. Pitchounette n'est pas excédée. Elle vibre. Hercule a parcouru environ huit cents mètres pour arriver là. Quand il n'est plus qu'à quelques pas, Pitchounette daigne se déplacer vers lui, lascive sur ses coussinets. « Aussi aérienne que Florence », pense Bastien. Ils s'embrassent tels des Esquimaux, restent un moment nez à nez, se frôlent, roucoulent. Les chats connaissent le langage des tourterelles.

Hercule a beaucoup trop marché ; il se couche. Elle le taquine. L'air lointain, il lance sa patte avec nonchalance, ouvre la bouche pour répliquer et mordre mais tourne à peine la tête. Sa bouche demeure ouverte. Il grogne doucement quand Pitchounette mord trop fort. Puis elle admet que l'on jouera plus tard. Que le mâle, fût-il condamné à la chasteté, se repose d'abord ! Les yeux d'Hercule sont de porcelaine bleue. Comme le soleil y va de ses exagérations méridionales les pupilles ne sont qu'un trait vertical. Le vert des yeux de la petite chatte jaunit sous l'intense lumière. Hercule se tend, s'étend, se déploie. Quoi de plus lascif ? Elle se glisse contre lui. Ils sont d'une même étoffe. A chaque mouvement, tous deux donnent à la beauté d'incomparables fêtes. Ils sont en harmonie avec les forces bénéfiques de l'univers. Ils représentent l'image du bien-être. Mais ils auront toujours les yeux désolés des créatures qui ignorent le sourire.

Romuald a téléphoné vers 22 h 30, la veille. Florence et Bastien dormaient.

— J'ai besoin de te voir.

— Rien de grave ?

— Ne t'inquiète pas. L'envie de te parler. Je viendrai demain matin si je ne te dérange pas.

Bastien a raccroché. Florence s'est blottie contre lui comme Pitchounette contre Hercule.

— Qui était-ce ? avait-elle demandé, ensommeillée.

— Romuald... Il vient demain.

— Que voulait-il ?

— Je ne sais pas. Dormons.

Maintenant, Bastien se prépare un autre café. Il possède une machine italienne qu'il cajole. Un cadeau de Mathilde. *Strettissimo. Potentissimo. Caldissimo.* (Serré. Puissant. Très chaud.) C'est sa formule. Le café, c'est son vice. Il se moque des avertissements d'un professeur qui eut pignon sur onde : « Abuser du café peut provoquer une cirrhose », menaçait-il. « En attendant, c'est toujours un moment de plaisir de pris », se félicite Bastien qui sirote son arabica comme on déguste un vin.

A la radio, un directeur de banque raconte sa nuit. Un cauchemar. Quatre hommes masqués sont entrés dans la villa qu'il occupe avec sa femme et ses deux enfants. Sous la menace de revolvers, la famille a été rassemblée dans une pièce. Les enfants, des garçons, onze et treize ans, n'ont pas paru effrayés. Habités par la violence, télévision et cinéma ont-ils le mérite d'accoutumer au mal ? s'interroge Bastien qui caresse Pitchounette, ronronnante, couchée sur le dos, les quatre pattes repliées sur son beau ventre luisant. Le chef de bande a exigé du directeur qu'il s'habille. « Nous allons sortir, faire une petite promenade en voiture et vous nous ouvrirez la porte de votre agence et la salle des coffres. Ne me piégez pas. Deux de mes amis resteront là. A la moindre erreur de votre part, les vôtres paieront. » Le directeur a répondu qu'il ne détenait pas les clés. Sans abdiquer son calme, le chef a placé le canon de son arme sur la tempe d'un des garçons. La femme a crié. « Ne m'obligez pas au pire. Si je suis pris, je souhaite ne pas être condamné pour meurtre. Mais j'ai décidé de faire ce boulot et je le ferai. Alors je prends tous les risques y compris celui de tuer. Nous avons donc tous intérêt à ce que mon plan se déroule bien. » Le directeur de la banque a croisé le regard de ses enfants et de son épouse. Il a obéi. Le journaliste l'interroge. Non, il ne reconnaîtrait pas les bandits. Il ne reconnaîtrait pas la voix de leur porte-parole non plus : l'homme parlait, donnait des ordres, la cagoule déformait le son. Seul le martèlement des syllabes, très espacées, pourrait être discernable. Il n'en est pas sûr. Et aussi la courtoisie du gangster qui le voussoyait.

Au journaliste succède un penseur, sociologue de son état. Il analyse le fait divers. Œuvre de professionnels : sang-froid et absence de brutalité inutile. Il est probable même que le bandit n'aurait pas mis sa menace à exécution. Il le compare à un autre fait divers récent. Une famille aussi avait été prise en otage. Mais ce jour-là il y eut assassinat et saccage. Comme si le plaisir de nuire surpassait celui d'empocher le jackpot. Le sentiment d'impunité avait donné le branle à la cruauté. Le penseur raisonne tout. Son esprit de déduction fait merveille. Les mœurs contemporaines, il connaît. Les uns, les « pros », ont délibérément choisi la truanderie. Leur aurait-on proposé un emploi, modeste mais sûr, qu'ils l'auraient refusé. Cette engeance ne peut accepter la banalité et l'esclavage du métro-boulot-dodo. Elle rêve de grande vie. Les autres sont de purs produits de la misère. Les démons de la faim ont beau jeu de régner sur des êtres qui ont toujours senti l'iniquité peser sur eux. Ils n'ont pas grand jugement mais en aurait-on à leur place ? Sans éducation, sans morale, sinon celle de leur bande, ils se soumettent à leur animalité, aux impulsions de leurs nerfs. En cela, ils sont accordés aux forces aveugles de la nature. Dans l'univers, l'homme, seul, a créé la notion du bien et du mal. Les autres créatures ne s'en embarrassent pas. Plus l'instinct regagne du terrain sur ce que l'on nomme la civilisation, plus on se rallie à l'ordre du monde. Le journaliste essaie de ramener le sociologue au fait divers, sujet de l'émission. Le maître en sciences humaines le rassure : « J'y suis, j'y suis ! » La pénétrante clarté de son intelligence l'amène aux conclusions. Son rôle, évidemment, n'est pas de se substituer aux tribunaux. Il n'a pas vocation de condamner ou d'acquitter. Néanmoins, il est enclin à peu pardonner aux professionnels du banditisme. Est-ce à dire qu'il pardonne à ceux qui ont tué ? Il évoque de nouveau le désespoir légitime comme on évoquerait la légitime défense. Soudain, il tergiverse. Tout à l'heure, rien ne le divertissait de ses certitudes. Le voilà qui hésite. Il n'ose plus trop dire le fond de sa pensée. Il ne voudrait pas choquer. Il est parfois inconfortable d'avoir suivi de longues études. On pèse des riens avec les fils imperceptibles de la nuance. On hésite à se saisir des choses comme on n'ose effleurer les papillons dont les ailes souffrent au moindre toucher. Que viennent faire là les papillons ? On disserte encore sur le fait que morale et nature sont contradictoires. Il n'est plus question de l'homme ou de la femme assassinés. Bastien en a assez entendu. Il éteint la radio d'un geste brusque. Le silence tombe comme un suaire dans la cuisine.

Romuald débarque vers 10 heures. Il raconte l'histoire de Marcel, son plus ancien ami, un flic qui n'oubliait pas qu'il était né et avait vécu dans un quartier où la violence fait école. On y vitupérait Dieu se nommerait-il Allah. Marcel aimait répéter en niçois : *Faïre lou maoù es la calada. Faïre lou ben es la puada.* (Faire le mal c'est la descente. Faire le bien c'est la montée.) Il s'efforçait de monter. Il n'allait pas au peuple : il en venait. Il n'enjolivait pas : il admettait que férocité et sauvagerie se plaisent en l'homme d'où qu'il vienne. Il tâchait à considérer le sport comme un exutoire salutaire. Sur un ring, un stade, on canalise les trop-pleins d'énergie. L'agressivité prend des chemins licites. Il présidait aux destinées d'un club. Il tentait de vivre comme il pensait. Ce n'est pas si habituel.

Il expliquait que le désir d'admirer n'était pas mort dans la jeunesse y compris celle égarée par l'ennui, le bourrage de crâne, la pauvreté, les convoitises. Hélas, selon lui, cette jeunesse se trompait trop souvent dans ses engouements. Elle admirait au plus bas. La poudre aux yeux (quand ce n'était pas dans le nez) jointe à l'envie de tout posséder, et vite, commettait des ravages. Le sport possédait des héros plus sains. Par lui, on apprenait à compter sur ses propres forces.

« On vous ment et vous vous mentez à vous-mêmes. Vous êtes incapables de penser parce que vous n'aimez donner raison qu'aux répugnants qui vous flattent et étranglent tout semblant de vérité. Vous ne vous aidez pas, mais vous exigez qu'on vous aide. Il faut une putain de dose de culot pour solliciter le secours de ceux que vous couvrez sans cesse d'injures : les “instits” en tête ! Pourvu que vous gueuliez, vous êtes contents. Les lois sociales vous ne les acceptez que lorsque vous encaissez du pognon sans rien foutre et encore ce n'est jamais assez. Vous voulez tout abattre mais sans prendre la peine de construire quoi que ce soit. Vous souhaitez toujours plus de liberté alors que vous la haïssez cette liberté puisque vous bastonnez ce qui est à votre portée et plus encore quand vous sentez que les gens sont faibles et que vous êtes en bande. Et votre conscience ? Vous n'avez pas de problèmes avec elle ? Je me demande ce que vous penserez de vous au moment de votre mort. N'oubliez pas ceci : vous n'acceptez pas qu'on vous laisse tomber alors que c'est vous-mêmes qui vous êtes abandonnés et trahis dès l'école où vous ne foutiez rien ! » Voilà, à peu près, mais en langage plus rude, ce que Marcel-Don Quichotte disait aux jeunes en perdition qui fréquentaient son club. Il parlait à bon escient, sans seriner. Il parlait au cœur ; au bon sens. « Quand on risque de se noyer, on nage. On n'ouvre pas la bouche pour accuser l'un ou l'autre de vous avoir balancé à la flotte. Il y a des priorités. » Ces discours sans complaisance devaient convenir à quelques-uns. Ils revenaient les entendre. Tout n'était pas perdu. Il y avait du monde sur le tatami, aux sacs de sable, aux anneaux, aux barres fixes, entre les cordes du ring, au punching-ball, sous les paniers de basket ! Marcel s'irritait quand des jeunes bayaient aux corneilles.

— Qu'est-ce que vous foutez là ? Vous tuez le temps ? Un jour vous pleurerez ces heures qui vous semblent inutiles. Il sera trop tard.

— Qu'est-ce que vous voulez qu'on fasse ?

— Etudiez... Lisez... Entraînez-vous...

— On voudrait être en plein air. Y'a pas assez de stades !

— Eh bien, vous n'avez qu'à courir sur les trottoirs, dans la nature. Ça ne coûte rien. Et vous avez la chance d'avoir la mer.

Bastien a déjà entendu Romuald évoquer son ami. Il sait que Marcel, il y a trois jours, était parti d'urgence avec d'autres policiers pour séparer deux bandes qui s'affrontaient à l'Ariane, un quartier de Nice où la légalité est souvent hors-la-loi. Arabes contre gitans. Une balle avait été tirée d'une fenêtre. Marcel était mort sur le coup. Il n'avait pas quarante ans. Il avait trois enfants qui ne le verront plus qu'en photo. D'autres jeunes, au club, se sentiront aussi orphelins.

— J'ai lu tout ça dans le journal, dit Bastien.

— Mais sais-tu ce qui s'est passé hier soir au stade ?

— Non.

— L'équipe de Nice jouait en championnat de France de foot. Avant le match, on a demandé une minute de silence pour honorer Marcel, son dévouement de dirigeant sportif. Les populaires côté sud ont sifflé tout le long. Une bronca. « Mort aux flics ! » La minute la plus longue et la plus infamante de ma vie. J'ai eu honte. J'ai eu mal. Il fallait que je te raconte. Personne n'a protesté. Dans le journal, ce matin, je n'ai rien vu. A la radio, rien entendu.

Romuald serre les poings. Il y a des larmes sur ses joues. Il ne les essuie pas. *Faïre lou maoù es la calada. Faïre lou ben es la puada.* On n'entendra plus la voix de celui qui essayait de comprendre avant de juger. Où est-il monté ? Au ciel ?

Le roi n'est jamais son cousin quand Bastien plante son chevalet. La nature l'enivre. La copie-t-il ? N'est-ce pas l'exprimer que de vouloir la saisir dans ses variations ? Il revient toujours sur cette interrogation. La race de ceux qui doutent n'est pas éteinte. Il lui semble que de la surprendre dans ses continuels changements est une entreprise qui requiert talent et expérience. L'arbre du matin n'est pas celui de l'après-midi, celui de l'été pas celui des rouilles de l'automne. Il faut être là, face au paysage, à la toile, pour comprendre combien il est ardu d'éventer les ruses de la lumière. Surtout si l'on ferme à triple tour sa porte au subterfuge. « C'est un peintre honnête », commentent certains. Bastien, visitant des expositions, a entendu çà et là cette phrase. Des sourires, que le dédain abîme, accompagnent parfois l'appréciation. Veut-on blesser ? « Mais c'est un compliment, s'insurge Bastien. Soyons honnêtes. »

Des noms de peintres qu'il admire lui viennent à l'esprit : Emile Loubon (il fut le premier directeur de l'école des Beaux-Arts de Marseille : Firmin le portait aux nues), Joseph Ravaisou, Alfred Casile, Charles Camoin, Jean-Baptiste Olive et, naturellement, René Seyssaud que le folklore familial rehaussait encore puisqu'il avait reçu Alexandre à Saint-Chamas, là où Renoir aussi était venu travailler. Il pense aux excès du soleil qui les inspira. Il pense à Van Gogh, mort à trente-sept ans, et à Louis Audibert qui peignit jusqu'à son dernier jour : il était dans sa cent troisième année. Ah, ce soleil ! A couteaux tirés avec les demi-teintes, il ne facilite pas la tâche du peintre ! Va-t-on se fâcher avec lui pour autant ?

Bastien s'est installé devant le fort de la Revère, qui fut construit en 1870, dix ans après le rattachement de Nice à la France. La sœur latine devenait-elle menaçante ? Des fantômes hantent ses épaisses murailles. Ils ne galopent plus beaucoup dans les vents de la nuit. Ils ont vu trop de jours se lever. Les Celto-Ligures, déjà, dressaient sur ces hauteurs des blocs cyclopéens pour se prémunir des invasions. Rochers superposés, pierres taillées ont servi aux défenses qui suivirent : des oppidums au fort désaffecté d'aujourd'hui. Du haut de ses sept cents mètres, ce belvédère naturel ne pouvait qu'avoir vocation militaire. La moindre felouque courant sur la mer était perçue. A présent, la Revère n'a plus rien à surveiller. Les invasions se font par d'autres voies. Il y a peu encore on pouvait y pénétrer. Des grilles en ferment l'entrée. Des vandales ont sévi. Bastien n'a marché que dix minutes pour y arriver ; « Chut ! » est proche. Le pont-levis ne se lève plus ; il est maçonné. Comme souvent, des brumes planent sur La Turbie. Ailleurs tout est clair. Bientôt, les forges du ciel vont décimer le dernier brouillard. La journée sera chaude.

Pour Bastien, peindre c'est faire l'enfant. Et un enfant têtu puisque marauder un supplément d'étincelle qui permettrait de rompre en visière avec la simple imitation nourrit son espérance.

Maintes fois anxieux comme l'écolier à la veille d'un examen ou l'espiègle que le principal convoque, Bastien n'est sur cet instant qu'à la joie de jouer avec ses tubes de couleur. Il songe encore à Renoir. « Ce qui compte chez un peintre, c'est ce qu'il met sur la toile, de la bonne couleur avec de la bonne huile de lin et un peu d'essence de térébenthine », énonçait-il. Il songe aussi à Corot qui peignait un cours d'eau dans un paysage où il n'y en avait pas. Un curieux s'en étonna. « J'avais soif », fit l'artiste. Corot fuyait le soleil. Bastien admire le peintre et révère la bonté de l'homme. D'aimer Corot relève de la tradition chez les Bongiovanni. Firmin l'instaura. Pauline la perpétua. Marseillais d'origine, le grand Daumier, aveugle à soixante-quatre ans, ne serait-il pas mort à l'hospice sans Corot ? C'est lui qui subvint à ses besoins. Lorsque s'en présente l'occasion, Bastien le rappelle. Il parle et se revoit écoutant Pauline. Elle raconte la générosité et la discrétion de celui « qui annonçait l'impressionnisme », disait Firmin. Progressivement le visage du grand-père, sur une photo, se substitue à celui de Pauline. Dans le pêle-mêle des souvenirs, Bastien devient comme extérieur à lui-même. Il est le fils de sa mémoire. Firmin, Pauline, Alexandre, Renoir, Corot se surimpressionnent. Et le soleil. Qui disait que sans lui « les choses ne seraient que ce qu'elles sont » ? Il secoue sa torpeur. Il repense à Romuald et à son pauvre ami Marcel. Corot, pour étancher sa soif, avait inventé une rivière. Bastien voudrait repeupler le fort de la Revère de ses soldats. Il se sentirait moins isolé dans « Chut ! » quand vient la nuit.

Branle-bas. Comme d'habitude, Pitchounette a déjeuné avec Bastien. Comme d'habitude, elle a rejoint Florence sur le lit. A l'inverse de l'habitude, elle n'est pas au rendez-vous de 10 heures. Hercule est décontenancé. Il va, vient, miaule, incrédule. On ne pose pas de lapin à un chat. Enfin persuadé de son infortune, il accepte les caresses de Bastien et de Florence mais sans ronronner. Ceux-ci s'inquiètent. Ils appellent. Florence ouvre la porte du réfrigérateur, coupe une tranche de viande dans une soucoupe, la pose à grand bruit sur les tommettes.

Elle agite un petit bocal de superlevure de bière en comprimés. Pitchounette ne se manifeste pas. Tous deux ressortent sur la terrasse, appellent encore. Hercule les regarde. Il n'a pas tenté de profiter d'une manière d'aubaine. Il lui arrive de grignoter des restes dans le plat de Pitchounette. Pas ce matin où la soucoupe est à demi pleine. L'absence lui a coupé l'appétit. Et toujours ce regard digne et interrogateur des chats ! Qu'exprime-t-il que nous ne voyons ? Lisent-ils dans les consciences ? Ne sont-ils que beauté impavide ? A quelles réminiscences s'abreuve leur éternelle tristesse ? Hercule miaule. Combien de notes dans ce cri ? Une constance : la détresse qui s'accorde à celle des yeux.

Florence l'interroge.

— N'as-tu pas idée où est Pitchounette ?

Hercule baisse ses paupières à demi, les rouvre. Où trouver la clé qui forcerait le silence de cette énigme ? Florence le prend dans ses bras. Dieu qu'il est lourd ! Il la dévisage. Elle l'embrasse et murmure à son oreille :

— Ne te tourmente pas, elle va revenir.

Hercule ne ronronne toujours pas. Mais elle sent sur sa poitrine les griffes qui se rétractent.

— Elle est peut-être dans une armoire ? Un placard ? Le buffet ?

On fouille.

A 11 heures Bastien sort et part à sa recherche. Florence reste à la maison au cas où elle apparaîtrait. L'air est d'un bleu tendre, saupoudré d'or. Des oiseaux chantent. Ils ont la gamme et des octaves à leur disposition : la gaieté a de quoi se dépêtrer de toutes les gangues. Des effluves de chaleur montent de la terre. Les cigales mâles (celles qui stridulent) se taisent quelques secondes quand passe Bastien.

Jamais Pitchounette ne s'est éloignée si longtemps. Elle s'enhardit parfois hors de la maison mais sans la perdre de vue, semble-t-il. Tout en marchant, Bastien appelle : « Pitchounette ! Pitchounette ! » Le silence est hérissé de craintes. Bastien est oppressé. Subitement, une odeur forte l'intrigue. Il quitte un sentier indécis pour se diriger vers elle. L'urine de renard empeste l'air. Un miaulement déchire l'atmosphère. Un hurlement plutôt. Bastien lève la tête. Une forme noire crie sa peur au sommet d'un arbre : Pitchounette ! « Au secours ! » supplie le miaulement. « Tiens bon mon chat ! » Au pied de l'arbre, Bastien parle, apaisant. « Descends ! Je suis là ! Tu ne crains plus rien ! » Pitchounette a trop peur. Au risque de se rompre les os, Bastien grimpe. Aucun signe visible des renards. Pourvu que Pitchounette ne le fuie pas ! Il sait combien les chats peuvent être imprévisibles ! Un chien éduqué traverse entre les clous ; le chat, lui, fonce. « Viens ! Viens ! » murmure Bastien que l'escalade essouffle. Paniquée, irrationnelle comme ses pareils, Pitchounette va-t-elle reculer, s'esquiver, s'élancer, se perdre dans un mouvement absurde ? Non ! Toutes griffes sorties, tâtonnante, elle s'accroche et s'approche. Ça y est ! Elle touche Bastien, se jette sur ses épaules, s'enroule à son cou, le lacère. Il le tolère. Elle tremble. Où sont les renards ? Toujours invisibles. Certainement tapis dans quelque buisson, quelque anfractuosité, ruminant leur déception. En général, ils réussissent leur coup. Ils pissent autour de l'arbre où leur proie s'est réfugiée et attendent.

D'un côté, la pauvre assiégée que l'odeur d'urine épouvante, qui résiste à l'épuisement car son seul espoir de survie est de ne pas quitter l'arbre, mais qui finira bien par choir quand le sommeil la terrassera. De l'autre, le chasseur sûr de son fait. Bastien est venu interrompre et casser le scénario. Sur le chemin du retour, Pitchounette ne quitte plus ses épaules. Il la calme, la questionne, la réprimande : « Tu ne t'éloigneras plus, hein ! Que ça te serve de leçon ! » On arrive en vue de « Chut ! ». Florence est sur la terrasse. Elle les voit. Pitchounette aussi l'a vue. Elle saute, court se jeter dans ses bras. La famille Bongiovanni ruisselle de bonheur. Hercule n'est plus là. Il se montre l'après-midi alors qu'il n'est pas coutumier de visite en ces heures. Il vient aux nouvelles. A moins que par les prodiges de la télépathie il ne les sache déjà. Pitchounette se dirige vers lui. Elle roucoule, le lèche. Elle veut qu'il l'excuse. Elle n'agira plus imprudemment. Elle plaide, promet. Il regimbe. Boude. Mais comment résister ! Il pardonne ! Ils s'ébattent. Ils s'enlacent. La féerie est de ce monde.

Il y a des années, Florence et Bastien vivaient avec un autre Hercule. Ce malabar s'appelait Sésame. Il était rayé de roux et de blanc avec un jabot ocre, un nez rose. Gavé plus que de raison, il prospérait. Sa bonhomie était connue du quartier Florès où Florence et Bastien habitaient la même cité que Pauline et Alexandre : voracité et grosse panse peuvent cacher une âme de midinette. Sésame observait la vie avec une patience de prédateur, mais sa patte était de velours. Indolence ? La cruauté paraissait jugulée en lui.

A Paris, des clochards de jadis baptisaient la neige « fleur de soumission » car elle les forçait à briguer la prison plutôt que de subir l'hiver blanc dans les rues. Fleur de soumission ! La misère connaît par moments la langue des poètes. Il faisait frisquet en ce mois de janvier à Nice. Noire tachée de blanc, douce, timorée, l'arête du dos très apparente, les flancs concaves, une petite chatte fit irruption dans la vie de Florence et de Bastien, à la tombée du soir. Elle les attendait sur le paillasson de leur appartement, affamée, désemparée, au-delà de la vulnérabilité. Attendris, ils ouvrirent leur porte. Elle entra. En fait de prison, elle aurait pu tomber plus mal. Ils l'aidèrent à reprendre des forces mais n'envisageaient pas de l'adopter. C'était compter sans Sésame. Il accueillit la désespérée comme on accueille une vieille connaissance. Pas de signe de mauvaise humeur ni de jalousie. Gourmet et glouton à la fois, il se refréna et partagea sa pâtée. Il alla jusqu'à manger après l'invitée, veillant à ce qu'elle se remplume s'il est acceptable d'user de ce verbe en parlant d'un chat. Elle se rempluma si vite et si bien, que, peu de semaines après, sans que Sésame ait tiré avantage de sa situation de protecteur et d'amphitryon, des bébés naquirent. Là encore, Sésame joua les nourrices pour des chatons qui n'étaient pas les siens. La mignonne n'était-elle pas fugueuse et frivole ? Elle finit cependant par aimer Sésame au cœur d'or mais qui, confessons-le, aurait pu, comme l'Hercule du refuge pour chiens d'aveugles, répondre au doux nom d'Abélard, le bistouri d'un vétérinaire ayant sévi au sixième mois de son existence.

C'était merveille de les voir. Lui, au pelage à prédominance roux, elle, menue, déliée, en tenue de soirée masculine : plastron blanc, smoking noir. Chacun de leurs mouvements était ensorcellement : des inspirés. Comment parfaire davantage langueur et perfection ? Elle levait sa petite tête vers sa tête plus imposante de mâle et il n'était que béatitude, prêt à accepter les caprices de l'élue. On était dans la délicatesse d'un dessin de Peynet et au pays de la volupté.

« Ah, les femmes ! murmurait Bastien. Sésame, Hercule et moi : tous sous leur joug. »

Florence riait, baissait les paupières, les soulevait, portait un doigt à ses lèvres, jouant les saintes Nitouches de cinéma muet. Une allégresse émanait d'elle ; l'air en tremblait. Inutile de harceler l'imagination. Chez Florence et Bastien, les braises étaient toujours chaudes, promptes à être ravivées. Leurs bras se refermaient. Le nez dans sa chevelure épaisse et noire, il l'enserrait toute. Sûre d'elle, innocente et prête à tout, elle s'abandonnait. Ils partaient ensemble vers l'enchantement. « Je ne t'appellerai jamais Abélard », disait-elle plus tard. C'était puéril, allègre, fripon, un peu balourd, et tous deux se sentaient l'un à l'autre sans se lasser jamais.

Au 14 juillet, on s'active pour que carrefours et façades, décorés et drapés, prennent des airs de fête.

« Chut ! », à longueur d'année, ne manque jamais d'ornements. Bastien y pourvoit. En automne, c'est le feuillage rouge des sumacs qu'il apporte à Florence. En janvier et février, des brassées de mimosas poudrent de jaune l'atmosphère et parfument les pièces. « Du gaulois, précise Florence. L'espèce est plus grosse et embaume plus que les autres variétés. Il faut le prendre pas trop mûr, comme disent les vieux paysans, afin qu'il se fane moins vite. » Au printemps, Bastien arrive avec des branches de cerisier sauvage, coupées de manière à ne pas faire souffrir l'arbre. L'été, ce sont les envols de genêts ou la fragilité des fleurs des champs. Chaque fois que Florence découvre ces signes de tendresse et d'amour, il a l'impression de remonter le temps. Il retrouve dans les yeux de sa femme les lueurs qui passaient dans les yeux de Mathilde quand Alexandre débarquait avec un lys, une rose ou un bouquet de violettes. « C'est si facile de faire plaisir », lançait-il à l'intention de Bastien sans appuyer la remarque. Est-ce pour cela qu'il s'en est toujours souvenu ?

Assis sur un muret, chevalet fixé devant lui, Bastien peint l'allée d'oliviers qu'il a sous les yeux. Il est parti tôt le matin, en voiture, vers le village de Peille, où le Moyen Age n'a pas tout cédé à l'évolution des temps. Il y a des heures qu'il est là, installé dans un cocon de soleil. Sur les cimes, les montagnes sont violettes. Sur leurs flancs, la lumière est noire. Un vent léger rend convulsives les feuilles d'oliviers argentées comme des sardines. Le bourdonnement d'une abeille enrichit la qualité du silence. Les cigales se sont tues. Fait-il déjà trop chaud ? De l'autre côté de la route, des figues font la perle.

Il y a un je ne sais quoi de religieux dans le comportement de Bastien, comme si l'heure et les lieux imposaient cette dévotion pour livrer leur âme. Il pense à une antique inscription lue autrefois sur un cadran solaire de Meyronnes, village des Alpes-de-Haute-Provence : « Nous couronnons Phébus, le dieu de la Lumière, le mentor des mortels, l'âme de la nature. » L'âme ! L'âme ! Va-t-il la saisir enfin ? Pourra-t-il crier un jour, fier comme Artaban : « Je l'ai trouvée ! Je l'ai trouvée ! » Il entend les répliques : « Eh bien, je te plains ! Que vas-tu faire à présent ? »

Ses mouvements sont lents : les mouvements d'un homme attentif à ne pas brusquer les choses de peur que les sensations qui l'habitent ne décampent. Il en est là de sa liturgie quand il entend : *Es dificil dé pinta l'ouivié*. Du patois « peillasque ». Il n'échappe pas à Bastien : la langue niçoise lui est proche et dans le « nissart » comme dans le « peillasque » les gallicismes se faufilent de plus en plus. N'y a-t-il pas plus d'un siècle que la région est devenue française ? Bastien se retourne. Une paysanne vêtue de noir, cuivrée comme une squaw, sèche et tannée, un léger fichu noir sur la tête surmonté d'un chapeau de paille qui a affronté bien des étés, se dresse derrière lui. Il ne l'a pas entendue venir. Son œil va des oliviers au tableau. Bastien suit ce va-et-vient puis considère son travail. Il fait la moue. Force est de constater que « c'est difficile de peindre l'olivier ». On débarque sur le motif bardé d'énergie, infatué d'espérance, chamarré d'illusions, et on se doit d'approuver une paysanne qui n'a pas cent et cent interprétations d'artiste dans la tête mais qui sait qu'un olivier ne livre pas ses beautés au premier venu. Ni ses secrets. D'abord, on est son obligé. N'a-t-il pas fait vivre des générations et des générations d'habitants de ces terres ardentes et pauvres ? La gratitude s'impose. Il faut que cette reconnaissance se sente en peignant. *L'ouivié digué a sieù paisan : tu mi déviestes è ieù ti viesti* (« L'olivier dit à son paysan : toi tu me dénudes et moi je t'habille »). C'est encore la vieille femme qui a parlé. Lit-elle dans les divagations de Bastien ?

Dix minutes plus tard, elle est partie sans un au revoir. « Etrange », se dit Bastien qui tente d'amener son cœur, sa peau, ses nerfs à incandescence voulue afin que sa main ne le déçoive plus.

Onze heures sonnent au clocher. Mis en joie, un oiseau brave la chaleur et s'égosille. Un chien aboie. Une alouette s'immobilise dans le ciel et chute comme une pierre. Sur cette pente sud du Castellet, le soleil agit comme un brûle-parfum avec les plantes de la montagne. Bastien n'est pas content de lui. De découragement, il replierait bien son bagage mais il songe à Adolphe Monticelli le Marseillais (il entend son père prononcer le nom avec l'accent tonique sur la pénultième syllabe) que Cézanne eut pour compagnon de travail et que Van Gogh tenait pour un maître. Hémiplégique, Monticelli continua à peindre. Et lui, Bastien, va-t-il renoncer parce qu'une vieille folle n'a pas dressé un autel à son inspiration du jour ! Justement, la folle revient. Elle porte un pliant. Elle le lui tend. « J'en ai un dans le coffre de la voiture qui est garée en bas sur la route », dit-il. Elle ignore sa réplique. Elle l'informe que son derrière sera plus douillettement installé sur le tissu d'un pliant que sur un muret de pierres sèches. « Je croyais que vous étiez trop déçue par mon tableau et que vous étiez partie pour ne pas avoir à me le dire. » Elle sourit. *Mi agrada*, répond-elle (« Ça me plaît »). En somme, elle n'est pas folle du tout. Il regarde ses oliviers qui dessinent des dentelles de lumière dans l'azur et des ombres chinoises sur la terre. L'ensemble a tout à coup une autre allure. A n'en pas douter, l'apparence des choses dépend de notre humeur.

Se moquant de la pesanteur, un éclair acajou et empanaché fait des grâces d'une branche à l'autre. L'acrobate est un écureuil. Que fait-il chez les oliviers ? Bastien a soudain envie de danser comme lui. La paysanne interrompt son exaltation. Elle lui propose de venir boire le pastis à la maison avec son mari. *Noun soulamen es pa luén, ma fa fresc*, annonce-t-elle montrant le soleil qui s'il grille cigales et criquets doit aussi griller le cerveau des peintres. Surtout que Bastien l'imprudent n'a pas de chapeau. Comme elle lui assure que ce n'est pas loin et qu'elle promet la fraîcheur, Bastien obtempère. Il range son matériel et restitue le pliant qui n'a pas servi. La paysanne n'a pas menti. La maison est à deux cents mètres, au bout de la culture en terrasses. Ses murailles épaisses garantissent une climatisation qui n'a nul besoin d'appareils sophistiqués.

Un chien, à l'entrée, se montre sociable. Le mari ne l'est pas moins quoiqu'il ne se lève pas pour accueillir le visiteur. Il est assis à une table qu'une longue nappe à carreaux rouges et blancs recouvre. Elle pend jusqu'au sol. Des effluves d'ail, d'huile, de vieux fromage, de romarin et d'encaustique très ancienne parfument la pièce. Les murs sont safranés, les volets fermés parce que de se protéger du soleil et des mouches est indispensable. Des verges de coudrier sont accrochées à une ficelle. La femme sort le pastis et l'eau pour Bastien. Elle sert du vin à son mari dont la moustache est encore humide de la précédente rasade. L'homme parle. Il a de grands yeux bleus et fixes, embusqués sous une broussaille de sourcils comme Gino Del Fiore. Il parle du Peille d'avant, de l'abondance des oliviers, du lavoir, du tanneur de peaux de lapins, du fabricant de charbon de bois, de l'acheteur des dépôts que fait l'huile, des fileuses de chanvre, des veillées l'hiver autour des cheminées, des parlotes, au-dehors, l'été, avec le dossier de la chaise devant soi pour y appuyer les bras. Il est intarissable comme l'était parfois Gino, comme le sont, quand se présente l'occasion de parler, ceux à qui la solitude est imposée. Ses mots ont des inflexions justes. Bastien retient l'histoire de l'acheteur des dépôts que fait l'huile. Afin qu'elle ne rancisse pas, les paysans la transvasaient et recueillaient soigneusement cette lie. Il n'y avait pas alors de petites économies. Une ou deux fois par an, l'acheteur passait en criant dans les rues : *gràpa d'oli !*, *gràpa d'oli !*, comme crient les rémouleurs, les ramoneurs, les vitriers, les rétameurs, les raccommodeurs de faïence et de porcelaine, les colporteurs. Pour quelques centimes on lui cédait le dépôt qu'il versait dans une outre. Et après s'être arrêté dans tous les villages où régnait l'olivier, il s'en allait vendre le produit de sa récolte à Nice d'où on l'acheminait vers Marseille pour la grande savonnerie. Parcourir des kilomètres ne l'effrayait pas. Il était tout huileux comme son outre, à l'image du fabricant de charbon de bois qui semblait un bonhomme de suie des cheveux aux orteils. On le touchait ; des cendres s'envolaient. Il arrive que le métier nous prenne ; l'homme devient sa propre enseigne.

Il est presque 13 heures. « On bavarde, et je vous empêche de déjeuner », fait Bastien. « Mon mari a mangé vers dix heures et demie et moi je ne mange que le soir », assure la paysanne. Mais elle n'insiste pas pour le retenir. Il prend congé. L'homme lui tend la main. Il ne s'est toujours pas levé. Le chien remue la queue par courtoisie. Une fois dehors, la vieille femme dit dans sa langue peillasque : « Merci d'être venu, monsieur. Ça lui a fait une belle récréation à mon Célestin. Il aime reparler du passé. Mais il ne voit plus grand monde depuis l'accident. Il ne sort plus et on ne lui rend pas visite... Une voiture l'a écrasé, traîné sur plusieurs mètres, il y a cinq ans, du côté de Saint-Martin-de-Peille, au grand tournant. Il n'y avait pas âme qui vive sur la route. L'automobiliste a filé. Avant il lui est repassé dessus pour qu'il ne puisse plus parler. Il l'a laissé pour mort... On a pu le sauver. Pas ses jambes. Le chirurgien les a coupées.

— Et l'assassin ? demande Bastien.

— *Dégun l'a jamai vist... Esistava dé fachénda coum'aco en lou passat ?* »

« Personne ne l'a jamais vu. Existait-il de sales affaires comme ça dans le passé ? » Bastien se répète l'interrogation de la vieille paysanne. La peine l'envahit ; l'impuissance. Une brusque flambée de rage leur succède. Puis une épouvantable mélancolie. Il pense à la mort de Pauline, au chauffard assassin qui est en liberté depuis fort longtemps. Les victimes se retourneront-elles un jour contre un Etat qui ne protège plus les siens ? Il rumine cette question. Il ne peindra plus aujourd'hui. Le bel azur étincelle. Le soleil en son zénith abrège les ombres. Un jet trace son paraphe de vapeur dans le ciel comme naguère, près du sol, le faisaient les locomotives. Le silence s'épaissit. Il y avait l'été, le sens de l'art et du beau, une douce fièvre, le plaisir de faire l'état des lieux pour en saisir l'esprit. Règne à présent une atmosphère de cachot et de cauchemars devenus réalité.

Une vingtaine de kilomètres séparent Peille de « Chut ! ». Dans la voiture, Bastien s'apaise. Il roule très lentement. Il lui semble entendre parler la vieille paysanne et son mari. Il a souvent été intrigué par ces idiomes où le *r* n'est pas toujours prononcé comme sous le Directoire en France s'y astreignaient les « incoyables ». Le *l* aussi est parfois escamoté par les Peillasques. Curieusement le *r*, çà et là, le remplace. Affectation, mode, excentricité recherchée n'y sont pour rien. C'est comme ça !

Allez y comprendre ! Et pourquoi sa cervelle vagabonde-t-elle vers des problèmes de linguistique ?

Il met la radio. Un chanteur, qui est à l'intelligence ce que la limaille est au blé, heurte le goût et les tympans. Le disque se termine. L'animateur qui le présente converse avec un auditeur. Le chanteur qui est au studio intervient. Il est question de poésie et de chef-d'œuvre ; c'est un déferlement d'inepties, d'originalité défraîchie, de bruits, de vanité chronique. Sur France Musique se raconte que Corelli mourut de douleur quand Scarlatti lui démontra qu'il s'était « trompé sur la valeur d'une note ». Les fauteurs d'harmonie et de sons de la fin du XXe siècle se portent bien. Le « concerto d'une porte qui grince » succède à la tragique exigence de Corelli. Bastien change encore de station. Les informations. Près de Toulouse, trois adolescents frappent une femme de soixante-cinq ans, la violent, la souillent d'urine, saccagent la villa où ils avaient pénétré par effraction, y mettent en partie le feu en la quittant... Dans un village des Vosges, un homme et une femme d'une trentaine d'années se suicident ; ils se partageaient depuis quelques mois leur galère de sans emploi... A Besançon, dans un quartier baptisé « Clairs Soleils », on fabrique des cocktails Molotov appelés « Scud » en hommage à Saddam Hussein. Clairs Soleils s'illumine aussi la nuit. On y incendie les voitures des imprudents qui s'aventurent là sans l'autorisation des caïds de la cité. Cette activité devient routinière. « L'horlogerie n'est plus l'activité majeure de la ville », se dit Bastien... Aux Etats-Unis, un chirurgien soulage une patiente de vingt-sept ans d'un kyste ovarien de quarante-cinq kilos. Elle n'a pas battu le record d'une ressortissante de Californie à qui l'on avait retiré, voilà quatre ans, un kyste également ovarien de cent cinquante kilos... Un footballeur parle des banlieues. Il a été élevé dans une cité-dortoir. Il est joueur professionnel. Il a réussi. Il fait l'éloge de sa mère, infirmière, restée seule avec huit enfants dans un environnement de désolation. Le père ? Envolé. Le footballeur retourne, quand son emploi du temps le lui permet, dans sa banlieue. Il discute avec des jeunes qui l'admirent. Il tente de les guérir du désœuvrement, de l'hostilité systématique. « Apprenez un métier, étudiez, au lieu de glander. Et si vous avez un boulot, faites-le à fond, du mieux que vous le pouvez. » Marcel, le flic-éducateur, n'aurait pas dit mieux. Le journaliste semble contrarié par ces paroles de sagesse. Il préférerait que l'on parlât de ras-le-bol, de colère envers la société, d'aigreur amassée, de violence compréhensible voire justifiée, qu'on soufflât sur la haine. Bastien lui coupe le sifflet. Il éprouve l'irrépressible désir d'entendre la voix de Florence. Il gare la voiture, se glisse dans une cabine téléphonique. L'appareil ne fonctionne pas. Il sort. Une passante maugrée : « Ici c'est comme ça ! Dès qu'on arrange le téléphone, les loubards le bousillent. » Elle poursuit sa route. Bastien est pressé de rentrer. Il pense au fait divers de Toulouse. A la femme martyrisée par des salopards. Et Florence qui est seule ! Un funeste pressentiment verse du liquide brûlant dans son cœur. Aime-t-il se meurtrir ? Naguère, l'intuition des abîmes ou quelques monstrueuses histoires qui traînaient dans son subconscient le jetaient dans l'effroi. Ah, toutes ces créatures qui se donnent carrière en nous et que l'on tâche de concilier pour tracer son chemin, vaille que vaille ! Sur l'heure, la violence de la vie le rattrape presque physiquement. Il le ressent ainsi.

Il songe à un autre fait divers lu il y a une semaine. Un élève refusait la loi des plus forts de son école. Faire les devoirs des dominants ? Non. Oter son blouson pour le remettre à un petit despote ? Non. Soumission sexuelle ? Non. Accepter les mises à l'amende ? Non. Rentrant de l'école, ce courageux tomba dans un piège. Enlevé, traîné sur un terrain vague, rossé par une bande qui obéissait à un seul, il fut sodomisé avec une tige de fer. Le voilà infirme à jamais. Et la police qui demeure impuissante parce que dès qu'elle agit on l'accuse de tous les maux. Pour les meneurs, il suffit de nier les faits. C'est l'arme imparable. Que vaut la plainte de la victime s'il n'y a pas de témoins pour la cautionner ? Oui, nier est l'arme imparable. « Surtout, ne pas faire de vagues », paraissent se dire les enquêteurs. Les enseignants usent et abusent de la même devise depuis longtemps. Ils ont cherché les verges pour se faire battre. Ça leur nuira de plus en plus. Bastien extrapole. L'angoisse devient panique en lui. La situation de l'espèce humaine lui semble de plus en plus désespérée. Il accélère. La route est étroite quand il quitte la Grande Corniche et aborde le massif de la Forna. Il fonce. Il laisse le fort de la Drette à gauche, l'Astrorama un peu plus loin. Que de fois de mystérieuses antennes l'ont, à tort, averti du pire ! Comme lorsqu'on revient sur ses pas parce que l'on croit n'avoir pas fermé le gaz. Chaque fois leur piège l'enserre. La voiture dérape. Il la maîtrise.

Il a frôlé l'abîme. Il se rapproche : « Chut ! » va apparaître. Florence ne peut être que dehors, sur la terrasse, puisque de coutume le bruit du moteur l'alerte. Il klaxonne. Une enfant perdue s'avance de sa démarche aérienne. Il freine, descend de voiture. Mais non ! Florence n'est pas perdue du tout ! Comme toujours, la lumière de son regard l'éclaire toute. La manière dont ses bras, ses mains, se tendent vers lui est ravissement. Mais pourquoi, que diable, se tourmente-t-il si fort ? Elle a compris qu'à nouveau il a cédé à cette angoisse qui le rudoie tant. Comme elle l'aime ! Et lui aussi a ce regard des gens qui savent aimer, ce regard qui fait du bien à autrui. Il se caresse les yeux à la contempler. Elle est transparence. Et, inlassable, cette clarté céleste qui l'entoure ou plus exactement l'éclaire du dedans comme une lampe. Ils sont dans les bras l'un de l'autre. Elle est un roseau qui plie. Il veut parler, expliquer son appréhension. Elle lui clôt la bouche d'un baiser. Quand finira leur lune de miel ?

Le soir même, Bastien appelle Abdou. Ils se retrouvent au déjeuner du lendemain. Laure est avec son père. Florence les gâte. Les poivrons au four coupés en lanières, recouverts d'huile, d'ail et de filets d'anchois font saliver Abdou. C'est son plat préféré, surtout quand ils sont légèrement forts sans l'exagération du piment. Laure, Florence et Bastien les préfèrent très doux. Il y a d'autres entrées : une salade niçoise, de la ratatouille, l'éternelle pissaladière. Laure mord dans une tomate « du jardin » qu'elle se contente de saler à chaque bouchée. Une omelette faite avec le vert des feuilles de blettes constitue le plat principal. Son nom ? la *troucha*. Le légume est bien cuit. L'omelette est moelleuse. Du basilic en parfume l'harmonie.

— Florence est ma cuisinière préférée, déclare Abdou, cérémonieux. Il joint ses mains et s'incline comme devant une reine. « Choukrane... merci... »

— Ce n'est pas aujourd'hui que vous aurez une indigestion ! Je n'ai fait que ça, s'excuse-t-elle.

Des mentons huileux, des louanges enluminées d'épithètes, des onomatopées de contentement lui répondent.

En guise de sieste, les femmes font la vaisselle, les hommes se promènent autour de la maison. Bastien évoque ses craintes. Il a l'impression de radoter. Trop de faits divers lui sautent à la gorge ! Trop ! Il y en a trop pour se croire égoïstement épargné ! Il ne nie pas le fond de tristesse qu'il a toujours eu en lui. Mais rebelle à la fatigue et à l'ennui, avec sa façon de tenir pour pas grand-chose des occupations qui rempliraient la vie de plusieurs autres personnes, il a longtemps dominé les effets de sa lucidité. « Il voyait clair ; il voyait noir. » Qui disait cela ?

— Je n'aurais pas dû rebâtir « Chut ! » lance-t-il gravement.

Abdou le dévisage, interloqué. Il a vu naître la maison. Il y a mis son grain de sel, son « huile de coude », comme disait Alexandre. Il a vécu là des heures d'immense allégresse, des heures où l'esprit de famille et l'esprit d'amitié laissent espérer que des fragments d'Eden s'étendent de nouveau sur la terre. Il a les chansons des fins de semaine dans la tête ; le goût des repas dans la bouche. Il est fier de ces plaisirs naïfs qui se recommencent sans perdre de leur spontanéité, de leur fraîcheur. La pensée qu'ils puissent être périssables comme tout ne l'effleure pas. N'ont-ils pas toujours régné, chez les Bongiovanni, sans se faire tirer l'oreille ? « Chut ! » Quelle maison peuplée de fous de vie !... de vie... comment dire... comment aurait dit son instituteur de Tlemcen, M. Corrado, qui connaissait des foules de choses et entre autres le mot juste ?... de vie simple ! voilà ! de vie simple !... « Chut ! » Un talisman ! On y est simplement en liberté et on croit appartenir à un ordre, une chevalerie, une communauté : qui fait mieux ?

— ... Je n'aurais pas dû relever cette ruine, répète Bastien.

— Qu'est-ce qui t'arrive ! s'exclame Abdou.

Bastien présente un visage inquiet ; blessé. Ses yeux réfléchissent les mouvements de son âme. Il s'explique. Depuis quelques mois, il se sent cerné par le mal. Dès les premières nuits, il y a des années, quand il s'était retrouvé seul avec Florence dans « Chut ! », il avait éprouvé le poids de la solitude. Etait-ce le silence ? Il venait d'un quartier bruyant, ce quartier Florès qui était un village baroque, bourré d'excès, de tics, de folie ordinaire, de bon sens, de gros rires, de palabres, de truculence, de pudeur, de stoïcisme, de travers énormes, de juges, de fadas, de *pastrouié* (cancaniers) qui mettaient les pieds dans les plats ce qui suscitait parfois des poings dans la gueule, de *pélandroun* c'est-à-dire de gamins turbulents qu'on tenait à l'œil sans empêcher les sonnettes tirées, les vitres cassées, les bonbons *patalé* (volés) à la boulangerie, de filles qui vous fichaient le diable au corps, qui l'avaient aussi mais il convenait d'attendre un maudit bout de temps avant que les deux diables se joignent car le péché originel ne désertait pas aisément les consciences, Florès-la-rouge, disait-on, ce qui était vrai puisqu'il y avait les cheminots, le garage des cars de la SANTA (Société anonyme niçoise de transports automobiles), une menuiserie, une entreprise de maçonnerie, un entrepôt de charbon, bref une tradition prolétarienne qui faisait que des deux côtés du Paillon, vers le nord-est de la ville, les communistes pagayaient en terrain conquis. On use des évangiles qui se présentent. Ici Matthieu, Marc, Luc et Jean s'appelaient Joseph (Staline), Maurice (Thorez), Jacques (Duclos) et Virgile (Barel) leur représentant niçois, Virgile (disait-on familièrement) l'honnête homme, le bienheureux, l'inattaquable. Percevait-il que comme tous les fanatiques d'une secte il obéissait aux ordres ou souffrait-il de cécité ? Plus tard, Bastien se le demandera quand il découvrit comment l'idole d'une population avait sali Panaït Istrati parce que de retour d'Union soviétique l'écrivain avait crié son indignation et décrit le paradis du petit père des peuples dans sa réalité. « Ne croyez pas mais agenouillez-vous et priez. »

— Ce n'était pas un quartier chic ; d'aucuns même le traiteraient à présent de quartier dangereux, mais on pouvait quitter son appartement en laissant la clé sous le paillasson sans risque d'être volé, poursuivit Bastien.

Abdou écoute. Il a la religion de l'amitié et pour lui Bastien est un de ses servants. Il est fier d'être choisi pour confident ; fier et déchiré. Il aime Bastien, ça oui ! Depuis Ghardaïa où il le regardait peindre, depuis Nédroma où la mort passa si près. Et plus tard, quand Aline, sa femme, Aline, l'Aixoise, qui n'avait jamais blessé aucune âme, avait été reprise par Dieu : qui était auprès d'eux, sinon les Bongiovanni ? Abdou avait souvent levé les yeux vers le ciel pendant la maladie d'Aline. Il souhaitait dire deux mots au Très-Haut, à Allah, à tous les puissants du firmament, mais personne ne s'était dérangé. Il s'était retrouvé avec Laure, encore bébé, et sa douleur. Deux orphelins. Où avait-il puisé du réconfort ? Où Laure s'était-elle sentie en famille sinon chez Florence et Bastien ? Chez qui avait-elle passé ses jours de vacances ? Qui l'avait aidée à corriger ses devoirs ? A-t-il jamais aimé un autre homme comme il aime Bastien ? Lui aussi s'alarme parfois de le savoir avec Florence dans une maison trop isolée. Avant-hier encore quand il a lu dans le journal qu'une dame avait été ligotée et torturée chez elle. On l'avait étranglée doucement, par petites pressions, avec un filin. Qu'elle parle cette salope ! La salope était morte. A-t-elle dit, dans un dernier râle où étaient ses économies ? La villa de l'horreur était sens dessus dessous. La police avait arrêté très vite les criminels : deux hommes, une femme. Une femme ! Quelles mains a-t-elle au bout des bras ? Les mêmes que celles de ses pareilles qui sont faites pour langer, pour le bonheur de l'humanité et aussi pour fermer les yeux comme au temps où les vieux mouraient chez eux ? Aucun remords, une fois encore, paraît-il, chez les meurtriers. Poitrine oppressée, Abdou va-t-il montrer à son tour son désarroi à Bastien ? Que lui apprendrait-il qu'il ne sait ? Mais de là à offrir « Chut ! » aux injures de l'abandon, existe un fossé qu'il ne franchit pas. Bastien l'a-t-il sauté dans sa tête ? Pour l'heure, il prend un bain de jeunesse. Il semble n'être occupé que du souvenir de Florès, de ses personnages. L'homme au pantalon de golf, par exemple. Il se rendait tous les jours dans la salle des pas perdus de la gare principale de Nice. On le surnommait « Paul Garnier », en référence à l'horloger de la marine qui avait conçu les horloges de gares. A heure fixe (il ne dérogeait pas d'une seconde), il se plantait sous la pendule, s'armait d'un salut mussolinien et d'un menton qui ne l'était pas moins. S'amorçaient sur l'instant une attaque contre l'émiettement des minutes, la rapidité des jours et un éloge de l'ignorance, condition essentielle pour pacifier l'inexorable. « Dire la vérité aux hommes est un crime. Il ne fallait donc pas inventer les horloges. Avant elles le temps n'existait pas et par conséquent le mot angoisse n'avait pas été inventé non plus. » C'était son argumentation. Il n'était pas à une contradiction près. Puis le discours se faisait supplique. Ledit « Paul Garnier » adjurait les aiguilles de ralentir leur course. Quand il constatait qu'elles n'en faisaient qu'à leur tête, il les sermonnait, claquait des talons, lançait un « à demain » d'airain et disparaissait. Les habitués de la gare (le personnel en particulier) ne s'étonnaient plus de la scène. Les autres riaient, de ce rire gêné que la proximité de la folie suscite.

« L'Astronome », lui, marchait dans les rues du quartier avec la majesté d'un chef peau-rouge. Tous les dix pas il s'arrêtait, scrutant les nues. « Paul Garnier » s'adressait au temps ; « l'Astronome », aux astres. L'un était un orateur ; l'autre marmonnait. Son surnom allait de soi ; il le devait à Mathilde. Elle était une des rares personnes à qui il parlait. Elle sut ainsi qu'il n'aimait pas la nuit quand grondent les orages, que le ciel est d'encre : elle fait de la terre une nécropole. Par beau temps, son sentiment était autre. La vue des étoiles et surtout de la lune le ravissait. Il leur adressait des baisers. Il pensait qu'il n'était pas le premier homme à agir de la sorte, ce qui le rapprochait de ses ancêtres les plus lointains, pithécanthropes, néandertaliens. Sa démonstration était assez confuse. Il en ressortait que le spectacle de la voûte céleste était le même depuis des millions d'années et que dans cette similitude l'homme finirait par puiser la force de ne plus se quereller. En attendant ces jours d'amour où les bontés accumulées dans les cœurs balaieraient la méchanceté, il lorgnait de haut ses contemporains. Tout bien considéré, il ne donnait pas le bon exemple. Il possédait une voiture Fiat, modèle Balilla 1932. Au volant, quand il rentrait au garage, il tendait le bras gauche pour signaler qu'il tournait. Il oublia un jour de replier son bras qui en fut sérieusement amoché. A l'hôpital Saint-Roch, on lui plaça l'attelle horizontale la plus monumentale de l'histoire de l'humanité. L'imposante structure recouverte de plâtre mit en joie le quartier. Partout où passait « l'Astronome », les quolibets fusaient. Il en fut mortifié. Il en perdit sa majesté de chef peau-rouge pour choir dans l'agitation : une marionnette de théâtre de guignol lancée sur le sentier de la guerre. La fêlure par où aime à s'engouffrer la déraison s'élargissait. Le plâtre ôté, l'agitation lui resta. Elle fit qu'il multiplia ses arrêts, le front levé vers les étoiles, la lune ou le soleil, le corps enveloppé de mouvements de bras, de jeux de mains d'où s'envolaient des baisers : un sémaphore courtisant et sermonnant à mi-voix les astres. Comme il n'obtenait pas de réponse, il en conclut que de mauvais génies perturbaient ses rapports avec les puissances cosmiques et l'inviolable mystère. Le surnaturel lui échappait. Il se renfrogna davantage. Il cessa même de converser avec Mathilde. Il s'exclut. Il ne fut plus qu'un solitaire toujours sous pression, poignant pour les uns, risible pour la majorité.

Emile Manaire dialoguait également avec le temps. Athlète de renom (il avait été champion de France de cross-country à vingt ans, en 1940), son dialogue se résumait à un combat contre la montre. Toujours plus de vitesse, toujours plus d'endurance : muscles, poumons, nerfs, cœur, volonté ligués. Bravant les années, tête rentrée dans les épaules, le buste qui renseignait sur sa forte capacité pulmonaire, bref de taille, il s'entraînait aussi bien sur la piste en cendrée du 15e corps à Nice, au stade Louis-II de Monaco que dans les rues. Un galop, un déplacement d'air à vous enrhumer : c'était Manaire qui surgissait, vous doublait ou vous croisait. Parfois, ce taciturne s'arrêtait à un arrêt de tramway et consentait à bavarder avec un mortel quelconque. Mais dès que le tramway se mettait à rouler en « site propre » (là où les rails avaient leur territoire et n'étaient pas fixés à la chaussée réservée aux autres véhicules), il interrompait la conversation sans crier gare et démarrait comme une fusée. Les voyageurs non avertis avaient alors la surprise, derrière leurs vitres, de se voir devancer par un homme qui ne leur jetait pas un regard. Son frère travaillait au dépôt des chemins de fer. Il lavait les autorails en déclamant *L'Enfer* de Dante : *Lasciate ogni speranze voi ch'entrate* (« Vous qui entrez, laissez toute espérance »). Ce qui, somme toute, n'étonnait pas trop. Que d'Italiens — charpentiers, terrassiers, mécanos, comptables —, avec une naïveté solennelle ou avec naturel, disaient des vers du Dante ! Bruno, le grand-père maçon de Florence, ne récitait-il pas des bouts de *La Divina Commedia* tout en gâchant du plâtre ? *Fatti non foste a viver come bruti ma per seguir virtù e canoscenza.* « Vous n'avez pas été faits pour vivre comme brutes mais pour suivre science et vertu » : il avait tenu à ce que sa petite-fille fasse de cette pensée une règle de vie, comme lui-même avait été toujours ouvert au désir d'apprendre.

Très grand, très maigre, le dénommé « Gandhi » était un danseur émérite. Il en tirait orgueil. Son talent le surprenait lui-même. Tous les pas de la valse (la « courentina », la « volante », le « tourniquet », les « passettes à la marseillaise », le « surplace ») lui étaient familiers. Les accordéons de Jimmy Giordanengo, de Genovese, de Ghia, d'Henri Biagini lui donnaient des ailes. Pour le tango, il semblait sortir des faubourgs de Buenos Aires, de quelque café de la Boca. Il le dansait avec le sérieux d'un vrai Argentin, d'un habitant du port : un *por-*

teñio. Son profil d'aigle, son menton guerrier (dans le corps à corps de la danse il serrait sa partenaire sans autre considération que celle de sa propre majesté et de son magnétisme : la parade nuptiale lui réussissait assez) cachaient une mentalité de cigale. Conséquence : il atteignit les cinquante-cinq ans fort démuni et rudoyé par l'anxiété. Que faire quand souffle la bise, qu'approche l'hiver et que les cheveux se couvrent de neige pour nous le rappeler ? Il prit conscience de son oisiveté et de la minceur de son porte-monnaie. Il convenait d'y remédier, de dénicher un boulot promptement. Il tenta de mettre sa décision en pratique. A l'âge où les cheminots partent à la retraite on le vit se présenter aux bureaux du personnel de la SNCF afin d'y quérir de l'embauche. Il s'étonna du refus et plus encore de la mine interloquée des employés qui le reçurent. « Paul Garnier » apostrophait et implorait le temps ; Emile Manaire le défiait, chronomètre au poignet ; « Gandhi » ne l'avait pas vu s'écouler.

Abdou écoute. Toutes voiles des réminiscences dehors, Bastien marque ce qui fut longtemps son territoire. Il s'évade et s'ancre à la fois : évasion des tourments que lui inflige la marche du monde, ancrage en des années et des rues où l'éphémère des choses durait un peu plus.

Sur un banc, près du jeu de boules, était le rendez-vous des musiciens. Jacky Giraudo, le guitariste, jouait d'oreille mais son oreille était celle d'un dieu. Bastien, colosse sans moustaches, entonnait, inlassable : *Le Gorille*, *La Chasse aux papillons*, *Le Parapluie*, *La Mauvaise Réputation* de Brassens.

Depuis la Libération, à Nice, Villefranche-sur-Mer, Golfe-Juan, les escadres américaines faisaient souvent escale. Elles accrurent l'influence du jazz sur la Côte. Des jam sessions, des « bœufs » avec les musiciens-marins était née une talentueuse floraison niçoise : Johnny Bonada, Jeannot Ceccarelli, Vivi Toesca, Barney Willen, Jean Tosan, Bibi et Paul Rovère, Lolo Belonzi, Pierre Franzino Ange Salomone, Francis Lai et, bien sûr, Jacky Giraudo qui était le seul à posséder un 78-tours de Django Reinhardt... Qui penserait, plus tard, beaucoup plus tard, dans des concerts à Tokyo, Londres, Paris, New York, Munich, que la police était intervenue parfois pour chasser certains de ces musiciens du banc de Florès sous prétexte de tapage nocturne ?

En cet après-midi, entrelaçant les années et les lieux, mêlant les générations, Bastien énumère les noms comme on récite un poème d'amour. Emphase, humour, innocence, romance éconduisent un instant les misères humaines. Le Graal est à portée de la main. Qui néglige la musique ignore l'approche du sublime. « C'est grâce à Django, expliquera-t-il souvent, que la musique a définitivement pénétré en moi. J'écoutais, je fermais les yeux et d'énormes masses de nuages se déplaçaient non seulement dans le ciel mais aussi derrière mes paupières. Django le compositeur, Django le musicien était un peintre. » Bastien dira aussi : « Seul le peintre anglais Constable, avec ses ciels, m'a redonné la sensation qu'adolescent Django m'avait procurée. »

« Chouà (François en français) Petit-Pain » jouissait d'autres sensations. Bon danseur comme le surnommé « Gandhi », il en tirait systématiquement et cyniquement profit. Il était danseur mondain. Vint aussi pour lui le temps où les années outragèrent son apparence. Séduirait-il moins ? Ce fut sa hantise. Il imagina la parade. Il glissa dans son slip un petit pain. Les gerbes de volupté que la protubérance promettait à ses partenaires fusaient-elles à la commande ? Seules des femmes ayant succombé auraient pu le dire.

La « gipiéra » (la plâtrerie) était le théâtre de parties de gendarmes et voleurs, de simulacres de westerns. Arc de fortune, fleuret, revolver à eau, et sabre de bois au poing, on interprétait là les Trois Mousquetaires, Ivanhoé, Robin des bois, on devenait Jesse et Frank James, on organisait des concours d'adresse et nul n'égalait Bastien au lance-pierres. Cette carrière (mi-champignonnière en ses galeries), d'où l'on tirait la pierre à plâtre, était le grand terrain d'éducation sexuelle. Sur le sujet Bastien est discret mais Abdou pense qu'il n'a pas attendu trop d'années pour s'enchanter de celles qui nous mènent au ciel.

Rue du 11-Novembre régnait le plus anachronique des pilotes. Ajusteur au dépôt Saint-Roch, il bichonnait un engin antédiluvien qu'il rangeait pompeusement dans la lignée des Bugatti type 35. Doté d'un moteur Dornier, le bolide était très haut sur roues : un tracteur. Deux saute-vent mobiles prétendaient à un rôle de pare-brise et le siège où se glissait le passager semblait celui d'un avion de chasse de la guerre 14-18. De plus, il était si surélevé, par rapport à l'emplacement du conducteur, que le courageux qui s'y aventurait risquait une phtisie galopante ou, au mieux, des névralgies faciales, des douleurs intercostales, une angine, un rhume. Couleur bleu de France, la voiture se terminait en son arrière par une pointe dite Bordino, sorte d'étrave de bateau coupée droit en son extrémité. La précarité du freinage était une des maladies congénitales du véhicule, l'autre étant constituée par un bruit qui secouait le quartier dès la mise en marche. La voiture n'est plus, mais le moteur Dornier sert encore à un paysan de La Trinité-Victor. Il l'a installé sur son tracteur.

Petit homme mince aux cheveux noirs, à la fine moustache modèle Errol Flynn, Robert-le-coiffeur chantait le vin et ne se contentait pas de le magnifier vocalement. Gloire au vin ! Gloire à la douce ivresse qu'il apporte ! Pensait-il, le divinisant, en exorciser les périls nés d'éventuels abus ? Il abandonnait maintes fois une barbe ou une coupe pour se soulager de quelque décharge émotionnelle et satisfaire une irrépressible soif. Le rut du cerf n'est pas plus tyrannique. Ventre à terre, il filait au bar La Villette, qui faisait dancing le samedi, le dimanche et les jours fériés. Le mouvement alternatif salon de coiffure-bar La Villette s'interrompait de temps à autre par une escale chez l'épicier dit « Nasole », ce qui situait l'importance de son pif et les talents érotiques que la grosseur de cet appendice dénote selon la croyance populaire qui, on le sait, ne se fourvoie pas. Ainsi, déclarait-on, jamais une belle séduite ne se plaignit au matin d'une prometteuse nuit en qualifiant « Nasole » de « petit menteur » tout en lui tapotant le nez. Mais ce n'étaient que plaisanteries : « Nasole » était le plus sérieux des hommes. Même son goût pour le gros rouge était pondéré. Flanqué épisodiquement de son ami l'épicier ou seul, Robert-le-coiffeur trempait ses lèvres dans un « ballon » de pelure d'oignon, son vin préféré. Le verre vide, il le contemplait, navré, et ajoutait : « Encore un petit à la santé du mari de ma femme. » Sont-ce les effets d'un sentiment de culpabilité ? Les buveurs font souvent précéder leur commande du qualificatif « petit ». Ça diminue la faute. La dégustation s'éternisait. Débarquait alors un client, serviette autour du cou, savon à barbe sur une moitié du visage, un tour d'oreille ciselé et propret, l'autre non. Il ne fulminait pas d'avoir été oublié. Aurait-il souffert d'un courroux rentré qu'un « petit » verre l'eût amadoué.

— Personne n'avait peur d'être coupé ? s'étonne Abdou.

— Ni inconscience ni témérité, réplique Bastien. Ses instruments de travail à la main, le barbier ne tremblait pas. Il était semblable à ces comédiens qui, sur scène, oublient leurs maux, chassent leurs défaillances et se défont du bégaiement s'ils en souffrent dans la vie courante.

Les pouvoirs du vin sont infinis. Ils cessèrent, hélas, d'exercer leur salutaire action un soir où Robert-le-coiffeur se détourna de son itinéraire. Piqué par le dieu Fantaisie, aiguillonné par on ne sait quel échauffement, il se dirigea vers le lit du Paillon. Il demeure à ce jour le seul homme qui s'y noya par beau temps : le propre du torrent n'est-il pas d'être à sec sauf dans des périodes de crue ? A peine quelques launes, quelques barrages rustiques (on avait toujours pied) permettaient-ils aux gosses de s'y baigner. Certains même ne se baignèrent que là durant leur jeunesse, car aller à la mer et se rendre au centre de Nice constituait pour eux un événement. Qui peut l'imaginer aujourd'hui ?

Comme on vagabonde sur les océans, les monts, les lacs, dans les déserts, les îles, au Grand Canyon, à Samarcande, à Valparaiso, à Arkhangelsk, au Tibet, Bastien — de l'encens, du sérieux, du dérisoire plein la tête — poursuit sa balade. Il visite, redécouvre, ranime. Hurrah ! Hosanna ! Ses souvenirs sont jeunes ; la plupart des êtres qui les peuplent ne sont plus.

— Tu regrettes tant tout ça ? murmure Abdou.

Bastien redescend sur terre. Il vient de faire peau neuve avec du vieux. Il a vu, de ses yeux des années quatre-vingt-dix, la ruche Florès des années cinquante, soixante, soixante-dix, ses us et coutumes, ses vedettes, son bric-à-brac, ses incongruités, tous ces hommes et ces femmes qui vivaient en communauté mais gardaient leur personnalité : la télévision ne les avait pas encore frappés d'alignement... Toni l'électricien qui ne sortait jamais de sa maison sans son accoutrement de Nemrod et son fusil, saison de chasse ou non... Le menuisier qui refusait de croire que chaque être humain a une âme mais qui en attribuait une à son chien, Tatou, griffon à la patience telle avec les enfants qu'au « paradis où il se trouve maintenant, affirmait son maître, il roupille à la droite du pied droit du Seigneur, si heureux d'être là qu'il en ronronne comme un chat, ces chats auxquels il n'a jamais fait aucun mal lors de son passage sur terre »... Jeannot qui ne supportait pas sa femme. « Quand elle me dit "je t'aime", racontait-il, je crois entendre Hitler gueuler à Nuremberg. » « Pourquoi l'as-tu épousée ? lui demandait-on. — C'était un pari », répondait-il. Personne n'en sut jamais davantage... Rose qui venait de Bourgogne. A Mercurey, une nuit, la grêle dévasta les vignes. « Au matin, à l'école, évoquait-elle, l'instituteur dit avant toute chose : "Mes enfants, vos parents sont en ce moment en train de pleurer. Alors, ici, je veux entendre une mouche voler." » Rose avait un rire très jeune mais s'exprimait souvent par vieux dictons et proverbes : « Une femme court plus vite la jupe relevée qu'un homme pantalon baissé », « En tout homme, il y a la cruauté du chat quand il chasse et sa douceur quand il ronronne », « Gloire et richesse ne transforment pas l'homme ; elles lui permettent de se montrer tel qu'il est », « D'une main douce, on dirige un éléphant avec un cheveu ». Selon ses enfants, sa main était leste... La vieille édentée qui marchait de long en large récitant ses patenôtres comme un prêtre lit son bréviaire. « Je plains ceux qui ne savent pas prier », murmurait-elle, les yeux levés vers le ciel comme l'Astronome... La petite dame en noir au grand fond de dédain pour tout ce qui n'embellissait pas la vie. Elle était veuve et n'avait pas beaucoup d'argent. Ses mains ciselées de bonté et de *gaubé* (d'adresse) remédiaient à tout. Elle se parait pour être digne du jour qui vient. Les cœurs acerbes la trouvaient prétentieuse ou se riaient d'elle. Au vrai, elle était de ces simples gens qui font de leur existence une œuvre d'art sans même le savoir... L'innocent qui regardait pousser les fleurs et débusquait de vagues spectres flottant dans l'atmosphère : il en tremblait de peur... L'artisan qui toute sa vie sera surnommé « Tombeau » parce qu'un après-midi au cinéma Odéon un copain cria dans l'obscurité : « Mais c'est Tombeau ! » : l'artiste qui se nommait ainsi dans le film lui ressemblait... Les apprentis champions qui s'en allaient à vélo monter le Vistaéro, le mont des Mules, le Braus, le Brouis, le Castillon, le Turini, le col Saint-Roch, hauts lieux dont on parlait comme on ne parle plus des champs de bataille d'Alexandre, des Césars... Le charcutier de Città di Castello, célibataire endurci, niçois et français de cœur mais si peu doué pour les langues qu'après trente ans de vie à Nice, il continuait à accueillir ses clients par ces mots : « Oggi fà un bel jourd'hui »... L'instituteur amoureux de Victor Hugo. Il était la générosité même. « Mais tu ne vois pas qu'on te prend pour un con ! lui disaient certains. — Pas toujours ! Pas toujours ! ripostait-il. Et puis Hugo l'a écrit : "Les bons mûrissent, les mauvais pourrissent" »... Le cheminot gros mangeur sauvé par sa graisse d'une balle perdue. Elle l'avait traversé de part en part du côté de la ceinture sans toucher à un organe vital. « Si j'avais été maigre, j'étais mort, se rengorgeait-il. — Si tu avais été maigre, la balle ne t'aurait pas atteint », lui répondait-on. Cette logique ne convenait pas aux exigences de son coup de fourchette... Le cordonnier et le chauffeur-livreur de la fabrique de pâtes Albertini qui avaient le même prénom et le même nom. Depuis des années, le chauffeur-livreur estimait que ses impôts étaient lourds. Discipliné, timoré, il s'en acquittait jusqu'au moment où il se confia à Mathilde. Celle-ci découvrit que le brave homme payait aussi les impôts de son homonyme : ils habitaient la même rue, l'un au 85, l'autre au 87. L'été le cordonnier transportait ses outils sous un platane, face à son échoppe. Là, il travaillait à la fraîche, la bouche toujours fleurie de semences. Il n'était pas rare qu'un patineur (à roulettes et facétieux) dévalât le trottoir et, sarbacane aux lèvres, soufflât sur son front une fléchette de papier qui ne ratait pas sa cible. Toujours surpris, le cordonnier crachait sa floraison de clous. Il en était de mauvaise humeur pour la journée...

— Tu regrettes tellement ce passé ? redemande Abdou. Crois-tu que rien dans le quartier n'a changé ?

Après un silence il ajoute :

— Tu veux y retourner et bazarder cette merveille que tu as construite ?

Bastien ne veut pas bazarder « Chut ! ». Bastien est malheureux ; c'est tout. Il n'a pas délaissé Florès et son animation pour juger le monde du haut de son donjon, pour le changer en préméditant de se changer lui-même. Ni hostilité. Ni incompatibilité d'humeur. Ni déception. Ni sentiment de supériorité. Ni reniement. Ni cordon ombilical à couper. Ni misanthropie. Un jour, Florence et lui ont rencontré un vieux bûcheron des Abruzzes auquel ils se sont attachés et qui leur a fait partager sa passion pour une ruine. Il leur a semblé qu'ils seraient heureux là, seuls et avec des amis les jours de fête. Le destin et leur opiniâtreté ont fait le reste. Dans la solitude, ils ont goûté à la quiétude. Ils se sont dit qu'ils auraient plus de temps pour réfléchir et ils ont essayé, plus de temps pour lire et Florence a lu plus de romans que Bastien qui, lui, se délectait de livres et d'albums sur la peinture. Ils ont entendu le tonnerre faire des scènes de ménage au ciel. Ils ont pris des bains de vent quand les branches des arbres paraissent frappés de dinguerie, des bains de rosée, de paganisme, de bien-être avec des engouements successifs pour tel feuillage, tel oiseau, tel calice qui s'ouvre au soleil, tel nid, et, les dimanches, ils ont chanté des refrains accordés au plaisir d'être ensemble. Des airs sur mesure, en odeur de sainteté parce que le bonheur fait plaisir à voir à Dieu les fois où il est bien luné.

Là, Bastien a travaillé à sa voiture, ses modèles réduits, sa peinture, ses bricolages, ses marottes sans le crier sur les toits, sans mettre les pouces face aux obstacles. Plus ils foisonnaient, plus il riait à leur barbe. De lire quelques reflets d'admiration dans le regard des proches le flattait. De lire l'amour et l'estime dans celui de Florence valait toutes les caresses et toutes les prévenances de l'univers. Que peut-on rêver de plus délicieux que de voir l'idole de nos jours et de nos nuits nous faire les yeux doux ?

Et puis, peu à peu, le monde méchant l'a empoigné. Etait-il fait d'un terreau propice à le ressentir si fortement ? Fastidieuse et répétitive interrogation ! Par les radios, les télévisions, les journaux, la violence navrait sa morale, sapait sa quiétude d'homme de bonne volonté. Par eux il a su le sacrifice d'un ingénieur. Il rentrait une nuit chez lui quand il vit quatre dévoyés frapper une fille sur le quai du métro. Il essaya de calmer les esprits ; s'interposa. Il ne s'interposera plus jamais. Des obscures profondeurs du mal, d'étincelantes lames avaient jailli. On dispose de peu de moyens outre-tombe, pour mettre en déroute la racaille. On n'en dispose de pas beaucoup plus, d'ailleurs, quand on vit... Par eux, toujours, il apprit que des femmes qui priaient leurs morts au cimetière de Caucade, à Nice, étaient attaquées par un malabar. Il leur prenait sacs et bijoux. Malheur à celles qui résistaient. Surtout si elles étaient vieilles et fluettes. A l'une de ses victimes, il piétina le visage après l'avoir jetée à terre. Appréhendé, reconnu, il protesta de son innocence. Puis, confondu par les faits, il débita l'inépuisable antienne : « Seule la société est coupable »... Par la télévision il vit et entendit un adolescent accuser la police de l'avoir arrêté et battu car il était soupçonné de racket et n'avouait pas. De la candeur plein les yeux, la voix doucereuse, il récitait sa leçon : racisme, oppression. On lui eût donné le bon Dieu sans l'ombre d'une confession et l'on tenait pour de fieffées brutes les représentants de l'ordre. Hélas pour le souffre-douleur, une dame, chez elle, regardait l'émission. Elle reconnut son rançonneur le plus assidu. Il retourna en prison. Elle demeure dans sa pauvreté. Elle avait, avec des économies de fourmi, acheté un petit commerce. Menaces, vols, extorsions, vandalisme l'en délogèrent. Contre qui se retourner ? L'Etat qui prélève les impôts et ne protège pas ceux qui essaient de ne pas être trop moches dans la vie ? Lancinante, la question lui revenait... Et ces neuro-psychiatres qui conseillèrent la libération pour bonne conduite d'un violeur d'enfant lourdement condamné ? Ils furent écoutés. Dès sa sortie, le violeur récidiva, allant jusqu'au meurtre. Les parents des trois petites victimes ont-ils pour autant poursuivi en justice les médecins égarés dans les fausses lumières d'une tolérance maladive ?

Bastien se tait. Il mordille une herbe qu'il avale comme le ferait un oiseau d'un ver. Il en recrache une autre. Il y a quelques minutes, les souvenirs rajeunissaient son visage ; il s'en soûlait ; les horreurs l'assombrissent.

— J'ai l'impression que si j'avais un chien, je serais plus tranquille. Florence ne serait jamais seule à la maison ; il la protégerait.

Le visage d'Abdou s'éclaire. Tout ce discours pour en arriver là ! N'y a-t-il que la compagnie d'un chien pour refouler les alarmes, limoger le parti du renoncement ? Un chien ! Bastien, si souvent, a pris Abdou en tutelle ! A lui, à présent, de prendre soin de son ami ! Un chien ? Il le trouvera. Il sait déjà comment ! Et pas un gringalet. Et Laure, qui aime « Chut ! » comme un enfant aime sa nourrice, l'offrira.

Le chien arrive sous forme d'une boule noire armoriée au plastron d'une étoile blanche. « Un berger belge, un grœnendael, annonce Laure qui le porte. Le propriétaire d'une des villas où travaille papa le lui a donné. Il deviendra grand. Il est pour vous. »

Qui est le plus heureux ? Abdou qui boit les paroles de sa fille et dont les yeux s'embuent ? Laure qui respire la félicité de donner ? Bastien jamais rassasié de beauté ? Florence dont l'âme chante au moindre frémissement ? Mais que dira Pitchounette si possessive ?

Laure tend son offrande à Florence qui se baisse puis s'assoit en tailleur sur le sol. Que vous en semble Pitchounette ? Intriguée, la maîtresse des lieux (n'habite-t-on pas chez son chat ?) détaille l'intrus, négligeant toute interrogation envers les grandes personnes. Des secondes s'écoulent. Laure détache la boule noire de ses bras et la pose sur le carrelage. C'est un ourson qui se prend pour un chien et vice versa. La boule noire a des pattes. Elles lui permettent de se mouvoir et de foncer vers la chatte. Est-ce le noir de sa robe qui l'attire ? Suppose-t-elle une parenté ? Sa démarche est pataude mais la vivacité y est. Pitchounette se hérisse et souffle avec une autorité qui cloue sur place l'importun. Son dos est un arc. Des éclairs fusent de son pelage comme en un dessin animé.

— Attention, conseille Abdou. Quand un chat est en colère mieux vaut être prudent.

— Avec celle-là particulièrement, commente Bastien. Les années l'ont un peu assagie, mais j'ai rarement vu une chatte si impétueuse. Toute jeune, elle avait trois sobriquets : "la Délinquante", "Tout-est-dû", "Ouragan". Méfions-nous de l'eau qui dort !

Il a dit cela avec une fierté de père.

Florence se lève et s'empare de la boule noire qu'elle berce. Pitchounette va-t-elle abdiquer une de ses prérogatives sans autre protestation ? Florence s'adresse à elle tout doucement. Ce sont les prémices d'une offensive de charme. Elle se promet de mettre tout en œuvre afin de pousser plus avant la chance d'une possible amitié. Il faudra une semaine pour différer les soufflements et amorcer un semblant de pacte de non-agression. Il en sera de même pour Hercule. D'abord outré par ce visiteur inattendu et turbulent qui s'enracine, puis jaloux de le voir s'approcher de Pitchounette avec familiarité, il se résoudra à accepter l'ourson-chien. Trois mois plus tard, le trio fera des siestes savoureuses, quitte à ce que la conspiration féline enraie d'un simple froncement de sourcil, pourrait-on dire, les espiègleries du nouveau venu.

L'ourson-chien s'appelle « l'Artiste ». Quand elle le vit ramasser un pinceau tombé des mains de Bastien, Florence le nomma ainsi.

— Charles Quint avait fait de même pour Titien, son peintre préféré, explique-t-elle.

— Moi Titien, lui Charles Quint, se marre Bastien. Mais surtout moi Tarzan et toi Jane. Homme-singe aime beaucoup Jane.

Le chiot aurait donc pu s'appeler « Charles Quint », « l'Empereur » ou mieux « Catastrophe » le jour où il marcha sur une toile fraîche couchée à l'horizontale sur les malons. « Encore que dans une époque où le moindre faiseur de taches non seulement s'imagine peintre mais réussit à en persuader les autres, les traînées laissées par les pattes de la délinquante Pitchounette n'étaient pas des plus moches », s'était dit Bastien. Mais tachisme ou traces malpropres, la catastrophe était imputable à Bastien qui avait laissé la porte de l'atelier ouverte. L'Artiste fut absous, soumis à un lavage décapant, le plancher aussi, et l'atelier resta fermé lorsque Bastien s'en absentait.

A part cet impair, l'ourson-chien, à n'en pas douter, est un amateur d'art des plus assidus. Ne passe-t-il pas des heures à regarder peindre Bastien ? Et Bastien ne joue-t-il pas à le prendre pour juge ?

— Que penses-tu de ce ciel, mon chien ?

Une sorte de couinement prolongé mêlé de bâillements et d'un prélude d'aboiement constitue la réponse. Bastien fait mine d'y capter les propos d'une créature hospitalière au talent d'autrui, pleine de tact, curieuse et réfléchie. Son air conséquent, quand il en parle, déconcerte qui ne le connaît. « Ce n'est pas parce que c'est mon chien mais... » La fleur de l'esprit canin n'est pas ailleurs.

Toutefois chez le chiot amateur d'art, comme chez tous ses pareils, l'amour du jeu l'emporte. Quoi de plus captivant, n'est-ce pas ? que de courir après une balle, d'enfouir un os, de le déterrer, de charger Pitchounette, de bousculer un guéridon au risque de faire tomber un bibelot, de recevoir un coup de griffe et d'être puni ! De temps à autre, l'espièglerie, la fougue, l'indiscipline à haute dose se paient. Cela fait partie du jeu. Au reste, Florence et Bastien, s'ils pensent qu'on doit mériter son chien, veillent à la réciprocité. Sans soumettre l'Artiste aux rigueurs d'un dresseur, ils se sont substitués au professionnel et n'ont pas démissionné face aux dissipations du dernier hôte permanent de « Chut ! ».

— Quand on lui parle sérieusement, aime préciser Florence, il semble se pénétrer de nos arguments et finit par nous approuver.

— Résultat, par degrés, sans user de brutalité, ajoute Bastien, la fermeté a payé. L'Artiste est un bon chien.

Et tandis qu'ils racontent, ils caressent le bon chien qui les fixe de son regard franc et direct, cherchant à comprendre ce qui se dit, cherchant toujours à comprendre. Les petites oreilles se dressent, la queue fouette l'atmosphère et un gros soupir ponctue la scène quand il s'étale lourdement ou qu'il pose la tête sur les genoux de sa maîtresse (de préférence) ou de son maître. En un mot, tel qu'il est, l'Artiste tranquillise Bastien. Il grandit. Il est tout en muscles, en détente, en vaillance. Il est du dernier bien avec la tendresse. L'amour que se portent ses maîtres et qu'ils lui portent, l'absence de rivalité affective avec Pitchounette, l'environnement de « Chut ! » si paisible, en ont fait un chien rassuré : il évite d'aboyer au moindre bruit et se dispense de libérer son agressivité pour des broutilles. Mais gare aux imprudents susceptibles de menacer le domaine et les êtres dont il se considère le gardien ! Naguère, ses ancêtres veillaient sur les troupeaux. Ils les conduisaient. Lui, protecteur dans l'âme par hérédité, veille sur les ressortissants de « Chut ! », chats et visiteurs compris. Et comme il quitte rarement Bastien et Florence des yeux, sa méfiance serait-elle un moment relâchée, sur un signe de main, un battement de paupières, un son, il est aussitôt prêt à l'attaque. Ses yeux marron bordés de noir ne changent pas beaucoup d'expression mais ses babines se retroussent, sa gueule s'ouvre si grande, sa longue mâchoire est tellement armée, sa puissance et sa force sont si flagrantes que l'ennemi supposé rengaine toute velléité offensive.

Un soir qu'inassouvi d'odeurs il venait de parcourir dans la journée dix fois plus de kilomètres que

Bastien, sa suspicion trouva à s'achopper. Un vagabond croisa leur route. Bastien trimbalait son attirail de peintre. Le vagabond s'avança. C'était un de ces orgueilleux solitaires qui, demandant l'aumône, semblent vous faire une grâce. Grand, svelte, distingué, le geste précis, les vêtements élimés mais propres, sans doute avait-il choisi délibérément, dans sa cohérence, de vivre à la merci des humeurs du ciel et de la générosité des hommes. S'approcha-t-il trop près de Bastien ? Les muscles de l'Artiste se bandèrent tant qu'ils apparurent sous ses longs poils laineux. Les narines étaient ouvertes, les crocs des armes invincibles. Tout en lui respirait la fierté, la détermination, la férocité. Un carnassier paré pour sévir, un projectile dans son canon percuteur en suspens. Un signe d'apaisement évita le pire. Mais le trimard solitaire ne sembla plus orgueilleux du tout. Il manqua défaillir. « J'ai rarement eu peur à ce point », dira-t-il plus tard à Florence car Bastien l'avait convié à le suivre à la maison. Un pan-bagnat le retapa.

Ce furent de beaux souvenirs que les rencontres avec le coureur de routes. Elles se renouvelèrent. Florence et Bastien prenaient plaisir à le revoir ; lui en oubliait sa bougeotte.

Statue du Commandeur, il se pointait à l'improviste. L'Artiste aboyait ; c'étaient des aboiements de fête et non plus d'alerte. Où passait-il ses nuits ? Dans quelque repli de terrain du massif dont « Chut ! » était le sanctuaire. C'est lui qui sacralisait ainsi la maison puisque, disait-il, « le culte de l'amitié y est célébré ». « J'aime dormir à la belle étoile. A la fin du mois, le bon Dieu ne présente au locataire d'un bout de terre aucune quittance de loyer. On s'étend. L'air est doux et parfumé. On regarde le ciel. Selon que l'on a le cœur serré ou radieux, l'immense énigme qui nous entoure nous apeure ou nous réjouit. Puis la panne de paupières arrive et je ronfle comme un sonneur. Il faut choisir entre l'envie et la tranquillité. Je me suis fait adopter par la tranquillité », disait-il encore.

D'où venait-il ? S'il avait le talent de plaire, il n'avait pas de disposition pour les confidences. Mais à sa façon de rouler les *r*, à certaines intonations, Bastien retrouvait en lui le parler de la Rose du quartier Florès, Rose de Mercurey qui aimait s'exprimer par dictons et proverbes. De Rose, aussi, il avait le rire frais et une manière de cacher sa bouche avec la main quand il croyait avoir dit une bêtise.

Cinq jours après le premier pan-bagnat, Florence et Bastien surent qu'il s'appelait Adrien ; Adrien Bravard. Son âge ? La soixantaine. Depuis quand traînait-il ses guêtres au petit bonheur la chance ou au petit malheur la déveine ? Il fallut des semaines pour qu'il se livrât un peu plus. La nature n'est pas pressée ; pourquoi l'homme, qui en fait partie, tient-il si souvent à brusquer les choses ? Quand la nature enfreint sa règle d'infinie lenteur, ne fabrique-t-elle pas des cataclysmes ? Lui, Adrien Bravard, ne se précipitait pas. Enfant, déjà, il détestait se dépêcher. Adolescent, il préférait borner ses envies plutôt que de se rendre corvéable pour augmenter un pécule qui, de toute façon, ne serait jamais lourd. Il voyait de ses copains, en livrée d'esclave, se jeter tête baissée dans le boulot comme on se tape contre un mur. Il les voyait asservis à des jougs pour des miettes de festin. Il refusait ce dérisoire payé au prix fort ; « une peau de chagrin, une couronne d'épines », disait-il.

Et à l'école ? Ne répugnait-il pas à apprendre selon des canevas qui avaient pourtant fait leurs preuves ? Arrière-petit-fils, petit-fils, fils d'ouvriers agricoles, appartenant à la terre de toute éternité, il se comparait à elle du temps où existait la jachère. Il pouvait donc se donner avec beaucoup d'application à l'étude d'une matière pour ensuite refuser tout labour, tout ensemencement, se mettre au repos en quelque sorte, au grand déplaisir des instituteurs agacés par cet élève soudain absent alors qu'un moment avant nonchalance, laisser-aller, lui étaient étrangers. Au début de l'année scolaire, les enseignants se moquaient de ce rêveur versatile avant de s'emporter puis de sévir.

— Alors, Bravard ? Toujours dans la lune ?

Ils ne croyaient pas si bien dire. Bravard n'était pas là ; il était au ciel. Ses absences l'y avaient, par degrés, conduit. Des rêves à l'étourdi au désir de mieux contempler l'immensité sidérale : tel avait été, inconsciemment, son cheminement. Et comme les railleries de ses camarades renforçaient son goût inné pour la solitude, il se replia de plus en plus sur lui-même pour mieux parcourir les inconcevables distances qui nous séparent des astres. L'arpenteur d'étoiles était né. L'ancre d'Adrien se trouvait amarrée quelque part là-haut, entre Grande et Petite Ourse, poudre d'or et féerie blanche.

Son temps d'obligations militaires terminé, il quitta tout, bourg, famille, connaissances, avec, pour fortune, le ciel dans ses baskets. Direction le Sud où les températures sont plus favorables à ceux qui ont choisi l'errance. Que de soirées pieuses avait-il vécues depuis à scruter l'espace sans commencement ni fin qui le dominait, à savourer le silence profond qui répandait un fluide entre l'inimaginable et lui ! Le ciel était son tuteur. On en connaît de plus nocifs. Mais pas que le ciel stellaire. Celui des nuages aussi, des lueurs indécises de l'aube, des demi-jours blafards soudain mis à feu parce que le soleil déjà se déchaîne, celui sans nuance des midis, tragique des nuées d'orages, celui des cabrioles du vent, de la langueur des siestes, du vague à l'âme des crépuscules, des halos surnaturels, de la magie des nuits, du renouveau des matins.

Le Bravard lunaire devenait intarissable : « En définitive, le ciel vous met l'âme en repos ; l'aimer c'est aimer la quiétude, même si son immensité et l'ignorance où il nous laisse peuvent nous écraser et nous ficher la frousse, répétait-il ; question d'humeur... Savez-vous que les moujiks à l'époque des tsars croyaient que le ciel n'était réservé qu'à leurs maîtres ? Ils n'osaient pas le regarder. Ils le trouvaient trop grandiose pour eux. A l'inverse, moi, autre paysan, mais de Bourgogne, je me sens à l'aise avec lui. Je ne lui demande que ses beautés, il me les offre. J'ai l'impression, là, sous la voûte divine, de savoir ce que le mot éternité signifie et de ne plus être en opposition avec le Créateur. Rien n'est palpable et j'en retire de sensuelles satisfactions. Rien n'est accessible non seulement au toucher mais encore à ma compréhension, et le bonheur est à ma portée. Il irrigue mon sang. Minuscule chiure d'insecte, j'en perds la vieille habitude de l'homme de se révolter contre l'inexorable. C'est pas mieux comme ça ? »

Plusieurs fois, Florence et Bastien l'invitèrent à partager leur déjeuner et leur dîner. Il refusait. Il acceptait de manger mais sans s'installer à table avec ses hôtes. Ses visites ne pesaient pas. S'il débarquait (jamais à l'heure des repas) et qu'il sentait que le moment n'était pas propice, il saluait et poursuivait son chemin comme s'il était attendu ailleurs. L'était-il ?

Il admirait Bastien, sa vitalité, son esprit d'entreprise. Il dressait l'inventaire de ses activités comme les autres amis le faisaient et comme on dit des films de Chaplin — *Charlot boxeur*, *Charlot pompier*, *Charlot violoniste* —, il énumérait en comptant sur ses doigts : Bastien peintre, Bastien paysan, maçon, charpentier, serrurier, joueur de guitare, chanteur, bricoleur, mécano, tourneur, fraiseur, orfèvre en modèles réduits, artisan, artiste. « Les Bastien ! » s'exclamait-il. Alerte et enjoué, il ajoutait : « Madame Florence, vous avez épousé plusieurs hommes ! »

Et lui ? Avait-il jamais été marié ? Bastien et Florence ne le surent jamais comme ils ne surent jamais s'il avait encore de la famille quand il décida de fuir la maison natale et comme ils ne surent pas vraiment où il avait acquis ce mélange d'érudition et de bon sens, de fantaisie et de sérieux, d'imprévu et de convenu, de préciosité et de langage populaire qui le rendait si singulier, irritant parfois, et cependant si attachant. Il n'échappait à sa tour d'ivoire que lorsqu'il le voulait bien.

Il avait de l'aversion pour les jours de grand froid qui l'obligeaient à abdiquer sa majesté de solitaire endurci. Contraint à la promiscuité dans quelque asile, ce prince des gueux ne s'y faisait pas. « La sensibilité n'embobine pas toujours le discernement », lançait-il en riant. Et, cachant sa bouche, il enchaînait : « Je n'ai pas d'illusion sur l'espèce humaine mais là, la réprobation s'aiguise, dans des parfums de vinasse et de merde au cul. »

Il voyait l'avenir sous un jour très sombre. Il parlait de gamins qui attaquent pour voler mais aussi pour le simple désir d'attaquer et d'humilier. Insultes, crachats, coups, jusqu'à ce que la victime encaisse sans répliquer, s'avilisse, donne son argent, ses papiers, sa veste, son pantalon, une casquette. « Le plus dégradant — dégradant pour les coupables, spécifiait-il — c'est que les victimes sont bien des fois de petites gens, de pauvres bougres que la vie a pris pour souffre-douleur. Dans l'ensemble, cette délinquance sauvage ne s'attaque pas aux riches mieux protégés, mais à des types qui triment pour gagner chichement de quoi bouffer, des commerçants installés dans des quartiers pourris, d'autres gosses, des vieux esseulés. Une fois, des garnements m'ont encerclé. J'avais autant la frousse que le jour où l'Artiste voulait me sauter à la gorge. Celui qui paraissait être leur chef a pointé un couteau sur mon visage, près des yeux. "Ton fric !" il suait la haine. J'ai essayé de lui expliquer que pour le fric il tapait à la mauvaise porte. Tous se sont rués sur moi. "Fais gaffe, vieux con. Depuis toujours on tue pour ne pas mourir." Ça semblait une devise. J'ai eu du pot. Une voiture de flics est passée. J'en ai eu doublement car elle s'est arrêtée. Ce n'est pas toujours le cas. Je me demande, ou plutôt je ne me demande plus, ce que vont devenir ces gosses. Prison, mort violente ; mais avant ils auront estropié ou trucidé des innocents. On objectera : ce n'est pas complètement de leur faute. Ils sont livrés à eux-mêmes depuis qu'ils tiennent debout. Père, mère désunis, absents, inaptes à se prendre en charge, paumés, camés. On autorise les gens à conduire une bagnole à condition qu'ils prennent un permis. Mais tout le monde peut mettre un enfant au monde : les violeurs, les incestueux, les pires fumiers... Il paraît que les animaux aussi digèrent mal le désistement des leurs. J'ai lu une histoire de jeunes éléphants d'Afrique du Sud soustraits prématurément à l'éducation et à la vigilance de leurs parents, à la discipline de leur troupeau. Ces jeunes éléphants, trop tôt livrés à eux-mêmes, sont étonnamment violents. Ils chargent les touristes, agressent d'autres animaux, s'attaquent sexuellement à des espèces différentes. Mais les parents de ces jeunes éléphants dont je parle n'étaient pas responsables de l'abandon. Ce furent les hommes les coupables quand ils décidèrent de séparer les familles afin de peupler d'autres réserves. Le malheur ? Les éléphants sont adultes à quinze ans. Ceux que l'on arracha à leur milieu en avaient six ou sept ! »

Ce jour-là, Florence ne voulut pas en entendre davantage. Elle avait imaginé, sur-le-champ la detresse des papas et mamans éléphants à la recherche de leur progéniture emportée vers d'autres contrées. Elle imaginait l'incompréhension de ces mastodontes devant l'absence. Elle en aurait pleuré. Bastien la regardait. Des frissons de vie le parcouraient. Décidément, Florence aurait toujours ses seize ans, la fraîcheur, la sensibilité d'une petite fille qui, lisant une histoire, un conte, un fait divers, s'en émeut.

— Ah, les hommes ! conclut Adrien : le pire et le meilleur toujours... Vive le ciel ! Au moins on n'est jamais déçu !

Du ciel, Adrien Bravard n'espérait pas qu'il donne le branle à des prédictions ni que tel ou tel signe reflète des béatitudes ou, au contraire, fertilise une inquiétude. Il n'attendait pas qu'il soit le miroir de notre agitation, de nos plis de lassitude, d'amertume et de tourments, ni qu'il cautionne nos chimères ou qu'il fabrique des accommodements avec notre conscience. Non ! La beauté, immuablement, était son mot. Elle seule sauvera l'infatué et cruel bipède de son extravagante gloutonnerie, du fatras de convoitises qui le détache de l'essentiel. Il citait Corneille : « Sans cesse ignorants de nos propres besoins, nous demandons au ciel ce qu'il nous faut le moins. » « Eh bien, cette mesquinerie sera balayée un jour ! » se récriait-il. Dans ses moments d'euphorie, comme l'« Astronome » du quartier Florès, il était persuadé que l'odyssée des nues finirait par nous balader sur des cimes où les lamentables discordances qui nous abîment l'âme s'évanouiraient. « Oui, qui mieux que le ciel peut élever l'homme au-dessus de lui-même ! Sa contemplation est le bonheur le plus grandiose que l'on puisse s'offrir et pour pas un kopeck. Toutes nos petitesses foutent le camp devant le spectacle de l'écrasant mystère. La beauté du ciel sauvera le monde ! » Le refrain l'obsédait. Il se faisait prêcheur.

Bastien le taquinait. Des bénédictions du ciel, il retenait les tonnerres, les éclairs, les tempêtes, les déluges qui terrorisaient les anciens comme les épouvantait le firmament susceptible de leur tomber sur la tête. Il signalait l'attitude de ce paysan normand terrifié par la trajectoire éclatante d'une comète échevelée : « Elle est vivante, elle est vivante ! » hurlait-il. L'infortuné faillit en perdre la raison. Il rappelait que les lectures du ciel avaient engendré des abominations puisque des prêtres sacrifiaient humains et animaux à de prétendues injonctions venues de là-haut. Les fascinations peuvent être mauvaises conseillères. On vit dans le même ordre universel et selon que l'on est inca, zoulou, viking, aborigène d'Australie, fou de Dieu, bouffeur de crack ou eurocrate pédant, que de différences dans nos mœurs, nos habitudes de penser !

Ainsi allaient les conversations les jours où Adrien Bravard passait deux ou trois heures chez les Bongiovanni. Tous se renvoyaient la balle ou se moquaient d'eux-mêmes dans la bonne humeur. Ils étaient différents sans cette étroitesse d'esprit qui rend sectaire et dessèche. Travailleur impénitent, Bastien n'aurait jamais songé à jeter la pierre à

Adrien au tempérament si opposé. Et l'autre ? Il avait tout sacrifié à la liberté telle qu'il l'avait conçue à l'orée de sa vie. Cette vie n'avait pas été toujours rose ; mais, aristocrate de la cloche, il avait respecté sa ligne de conduite, à l'écart des glorioles du monde, des passions imposées par le chic du jour, passions jamais rassasiées car un engouement pousse l'autre : la soumission aux modes. Cependant une énorme crainte l'habitait. Les marginaux, des loubards tombés dans le dénuement, qu'il lui arrivait de rencontrer la suscitaient.

— Parmi eux, des vénéneux pas possible, insistait-il, des poches à fiel, des épaves du ressentiment, esclaves de leur rancune comme il se doit. A se demander s'ils ont jamais eu un cœur... J'éprouvais des joies d'ethnologue, avant, à regarder et à discuter avec de sacrés vadrouilleurs. Pas toujours, c'est sûr, mais assez souvent. Croyez-moi, il y avait des personnages qui méritaient le détour !

— De mon temps !... lançait Bastien.

— Eh bien, oui, de mon temps !... Dans le fond, je ne crois pas que l'homme, en général, a beaucoup changé au cours des siècles. Vices et vertus se sont assidûment disputés en lui. En gros, les mêmes travers et les mêmes mérites. Mais il y a des périodes où il contrôle moins les démons qui le secouent. Nous sommes dans une période de ce genre. Les mœurs sont brutales comme si par temps de paix le besoin se faisait sentir d'apaiser par n'importe quel moyen la violence qui stagne dans l'esprit et dans les tripes, deux mots composés des mêmes lettres disait une vieille de mon village... Et elle ajoutait : « Pour calmer tout ça, il faudrait une bonne guerre. » Une bonne guerre ! L'accouplement est horrible et pourtant on ne peut s'empêcher de constater combien l'homme a d'agressivité en lui et combien il lui est nécessaire de la dépenser. Sa bonté naturelle est un leurre.

Il avait assisté, évoquait-il, à une bagarre entre six crapules et un vagabond dont le crime était de lire au soleil, assis sur une marche. Près de lui une voiture d'enfant où s'entassait tout ce qu'il possédait. Parmi ce trésor, des livres. L'un des vauriens en saisit un et, comme on joue au rugby, le balança à un copain. Les autres l'imitèrent. Les passes redoublèrent. Le landau fut quasiment vidé. Le vagabond se redressa pour récupérer son bien. Il était plus grand et plus robuste qu'il ne le paraissait, lisant, recroquevillé sur l'escalier. Il fut courageux, ne prodigua pas ses forces au hasard, s'appliquant à donner des coups qui portent. Mais le nombre eut raison de lui. C'est à l'hôpital qu'il se réveilla.

Adrien était-il intervenu ? Bastien ne le lui demanda pas. Il avait en mémoire l'histoire de cette jeune femme attaquée la nuit dans un wagon du RER à Paris. Cinq voyous voulaient la délester de son argent et de ses bijoux. Ouvrant le sac, l'un d'entre eux vit sur une pièce d'identité que la jeune femme était un policier. Elle était de repos, donc en civil. Elle rentrait chez elle. « Un flic ! » Ce fut la ruée, l'hallali. Elle fut battue, violée, défigurée au cutter. Il y avait deux témoins. Aucun ne bougea. « Qu'aurais-je fait ? » s'était interrogé Bastien. Les voyous étaient jeunes, armés, en surnombre. « Qu'aurais-je fait ? » se répétait-il. Adrien comprit-il ? Il dit : « Le type qui bouquinait, c'était moi.

J'emporte toujours des livres. Je les trouve dans les poubelles. C'est fou ce que l'on dégote dans les poubelles de certains quartiers ! Des vêtements, des tables, des étagères, de quoi se monter en ménage si on le désire, des photos, des cartes postales... Parfois on n'en revient pas du gaspillage alors qu'il y a des familles qui n'ont rien. Ceux qui jettent, gâchent, et ceux qui ont les crocs habitent-ils la même planète ? »

Quand Adrien parlait du ciel, Bastien se prenait à regretter de ne pas avoir conversé en certaines occasions avec l'Astronome. Comme tous ceux du quartier Florès, à l'exception de Mathilde, il n'avait noté que le côté farfelu du personnage. Comment reprocher à des gosses de brocarder un vieil original qui adressait des baisers au cosmos et pourquoi s'étonner qu'isolement et affronts n'achèvent d'assombrir le caractère de ce toqué d'inaccessible ? Dans sa boulimie d'infini, le pauvre homme se retranchait trop des autres pour qu'ils ne le traitent pas de fada. Même avec Mathilde il s'était renfrogné, allant jusqu'à l'ignorer. Que confier aux paroles quand l'espoir d'être compris s'évanouit ? Dans son désir d'adorer le seul domaine à la hauteur de ses rêves, il avait dépensé à tort et à travers sa passion au point de verser dans une idolâtrie de siphonné exemplaire. Et alors ? N'y aurait-il rien eu à retenir de ses incohérences si, au lieu de s'en faire des gorges chaudes, Bastien et ses copains avaient tenté de l'amadouer et de l'écouter vraiment ? Et lui, qui marmottait, ne se serait-il pas rendu intelligible s'il avait cru susciter un intérêt autre que celui de la mise en boîte ? Un peu d'humanité et — qui sait ? — de l'illuminé cocasse on pouvait faire un enchanteur. Oh, ce n'était pas un essaim de remords qui accablait Bastien ! Pourquoi, enfant, aurait-il été différent des autres ? Sous une apparence de hardiesse, de singularité, de délires, la jeunesse ne dépasse pas souvent le plat conformisme. A voir les scènes d'hystérie que provoquent les vedettes du spectacle ou de la politique, une génération chasse l'autre dans la connerie infantile.

Comme Bastien, Abdou appréciait Adrien. Les bosseurs endurcis et le flâneur sans ressources avaient en partage, chacun à sa façon, la qualité de connaître le prix des choses : le pain chaud et croustillant que l'on savoure déjà à l'odeur quand on passe devant une boulangerie au matin, l'eau fraîche qui descend en nous quand brûle l'été et que l'on a longtemps erré ou longtemps remué la terre, la chair d'une poire que l'on mord à belles dents, l'insouciance du pinçon dont le chant ravit l'air du temps, le vol vif et frêle d'une libellule comme si l'âme de la nature décidait soudain de se rendre visible. Que ne donnerait-on pas pour ces plaisirs où n'entrent poids du fric ni snobisme ? On sent, on goûte, on écoute, on regarde : c'est tout simple et on va au grand. Ils savaient, de même, pour l'avoir éprouvé dans leurs fibres, la précarité de l'existence. Le Bourguignon parce qu'à battre la campagne et le pavé on ne fait pas que de paisibles rencontres ; Bastien depuis Ghardaïa, Nédroma et l'accident sur le pont entre La Garde et Toulon ; l'Algérien parce que les raz de marée de la guerre l'avaient à plusieurs reprises submergé. A ce propos, Adrien prisait en Abdou, comme tous ceux qui l'approchaient à présent, la volonté de ne pas s'enliser dans des ruminations où les vilains côtés du monde ont la part dominante comme s'il redoutait que trop de complaisance à s'appesantir sur d'anciennes injustices le napperait de fiel.

Une nuit, tout ce monde se retrouva à l'Astrorama, distant à peu près d'un kilomètre de « Chut ! ». Jadis, sur ce promontoire, s'élevait une batterie dite des Feuillerins. Avec l'oppidum de la Rovère plus haut et le fort de la Drette plus bas, l'ennemi devait y regarder à deux fois avant de s'aventurer plus avant sur les terres du Comté ou de France selon les caprices des ratifications de traités. Maintenant, télescopes, lunettes, films, maquettes, planétarium, bibliothèque, musée remplacent poix brûlante, catapultes, bouches à feu ou canons plus perfectionnés. La paix marque-t-elle irrémédiablement des points ? Des hommes ardents et doux ont succédé aux soldats de métier. Leur visage parle en leur faveur. Le bonheur qu'il exprime est un bonheur dont on ne redoute pas la perte. L'enthousiasme ruisselle de leur regard quand ils tâchent de lire à livre ouvert dans le ciel pour faire cadeau de leur science à ceux qui les écoutent. Ils sont de grands enfants et ils expliquent, montrent, interprètent, éclairent par leurs connaissances. On les sent impatients de partager leur ferveur avec les apprentis astronomes ou les curieux venus en ce temple se griser d'univers. Ils n'ont pas besoin de fanfares verbales pour offrir des vertiges à leurs invités. La torpeur d'imagination ne résiste pas aux somptuosités dont nous gratifie le firmament.

Le soir où Florence, Bastien, Abdou, Laure, Gabriel, Romuald, Adrien et d'autres adultes avaient pris place dans la salle de conférences à peine plus vaste qu'une salle de classe, des instituteurs accompagnaient des écoliers de Nice, de La Trinité-Victor et de Monaco. Au centre, un astronome parlait. Garçons et filles écoutaient sans que craquent les chaises, tapent les semelles, se raclent les gorges. Au-dehors, le ciel n'hésitait pas à employer les dons précieux qu'il a reçus en partage. A l'intérieur, le scientifique n'était pas moins généreux. Par le cœur, l'érudition, il essayait d'être à la hauteur de son sujet. Chacune de ses paroles était un acte de foi. De la description des étoiles jaillissaient des hymnes à la vie : ne sommes-nous pas faits d'atomes nés de leur matière ? Mais avec les cieux, aucune déception. Du grandiose et de la beauté toujours ; de la sagesse et de l'humilité aussi. Cachant sa bouche, Adrien se délectait. Croyait-il s'entendre ? Le conférencier préparait la phrase qui succédait à une autre et on le devinait heureux à l'idée de ce qu'il allait dire et montrer à son public. Il arrive que des hommes donnent à d'autres hommes des moments heureux ; il est possible que l'on s'y renforce. Parlait-il des « astres chevelus » que sont les comètes, de leurs apparitions qui apeuraient les humains et qui les paniquent encore en diverses contrées du globe car ils redoutent obstinément les funestes avertissements des dieux ? Il s'en amusait : « Que voulez-vous, les hommes ont toujours une pensée, une action à se reprocher ! Dès qu'une chose les dépasse, ils tremblent. » Parlait-il des éclipses ou de quelques autres phénomènes qui troublent un ordre auquel le regard de l'homme est formé ? Il insistait, quitte à se contredire, sur le comportement qui nous mène à nous intéresser davantage à l'inhabituel qu'à la majesté si elle nous semble routinière.

A l'appui de ses dires, il remontait le temps, citait Sénèque avec une aisance désarmante comme, revu par Dante, le faisait naguère, en italien, Bruno, le grand-père de Florence : « Nous sommes ainsi fabriqués que les spectacles quotidiens, si dignes fussent-ils de notre admiration, passent inaperçus de nous et que, au contraire, nous prenons plaisir aux choses les plus insignifiantes si elles ne nous sont pas familières, tellement il nous est naturel d'admirer le nouveau plutôt que le grand. » De ses graphiques se développaient des forêts de symboles, de ses propos une gourmandise d'espace.

Sans doute ne persuada-t-il pas (s'il en était dans l'assistance) les férus d'horoscopes qui, par l'entremise des signes du zodiaque, se pensent adoubés du don de divination quand il affirma : « Du XVIIIe siècle avant Jésus-Christ jusqu'en l'an 420 de notre ère, le soleil, aux premiers jours du printemps, se trouvait dans la constellation du Bélier. Depuis, à la même période de l'année, en raison de la précession des équinoxes, c'est la constellation des Poissons qui l'abrite. Nos astrologues le savent-ils ? La réponse est non ! Allez donc, après ça, vous baser sur l'exactitude des signes zodiacaux pour se prémunir contre les maléfices ou se préparer benoîtement aux faveurs annoncées du destin, s'emballat-il. Quand un haruspice rencontre un autre haruspice, ils ne peuvent s'empêcher de se cligner de l'œil et de rigoler. C'est déjà ce que l'on colportait dans l'Antiquité sur les diseurs de présages. Ces gens-là n'aiment pas le ciel ; ils se préfèrent à lui ; ils l'exploitent par vanité ou intérêt. » Décidément, songea Bastien, Pauline, vibrante de superstitions, avide de prédictions à l'inverse d'Adrien plus accordé avec le conférencier, n'aurait pas supporté pareille attaque ! Un sacrilège ! Les âmes des trépassés continuent-elles à en entendre de vertes et de pas mûres ou seul le silence les escorte-t-il !

En revanche, quel régal pour tous, unanimement, de le voir relier des points sur une carte ou de l'entendre décrire des constellations à ciel ouvert, ce que Florence et Bastien parvenaient rarement à faire, quand, depuis la terrasse de « Chut ! », ils s'y essayaient. Armés de leur bonne volonté, tout ce qui leur sautait réellement aux yeux c'étaient la Grande et la Petite Ourse avec son Etoile polaire à l'extrémité de la queue, ce qui est peut-être un moyen de ne pas perdre le nord. A l'Astrorama, sous le fusain magique que maniait l'homme de l'art et qui crissait sur les grandes feuilles de papier blanc ou grâce à sa baguette de maître d'école pas moins magique, surgissaient Orion, Persée, Cassiopée, l'Hercule agenouillé, le Dragon, l'Aigle, le Bouvier, la Lyre, la Couronne boréale... C'était fulgurant et achevé. Mais les apparitions duraient peu. N'étaient-elles évidentes que pour les initiés ? Et pour les autres, étaient-elles dues, la plupart, à la persuasion de l'orateur, tout palpitant du désir de voler vers ce qu'il considérait fondamental et de dégager des auditeurs ce qu'ils ont en eux de meilleur ? « Même pour la Grande Ourse, chez qui les Arabes voient trois pleureurs et un cercueil, deux des étoiles nommées Alcor et Mizar ne sont bien discernables que si l'on décide de s'en convaincre », dit un auditeur aux cheveux touffus et frisés. L'amoureux du ciel n'en disconvenait pas dans ses explications. « La preuve ? Il fallait les désigner sans atermoyer pour être admis comme archer dans les armées de Gengis Khan et de Charles Quint. C'est dire la difficulté ! Chaque époque a ses tests d'acuité visuelle », fit-il.

Puis il s'adressa plus particulièrement aux enfants et aux adolescents. « Ne vous mutilez pas ! Répétez-vous le vieux mot : on se lasse de tout hormis de comprendre. Que d'existences vous avez à vivre si vous apprenez simplement à regarder ce que vous avez sous les yeux ! Que de perspectives ! Avoir un but est vital ! Choisissez-en un beau ! La vue du ciel vous y aidera. A l'observer, on s'instruit et on s'élève. Cela semble contradictoire, mais dans le ciel il y a nos racines, répéta-t-il plusieurs fois. Dites-vous que nous sommes tous des astres et exerçons-nous à ne pas gâcher, à ne pas saboter notre principe souverain de vie. Si l'homme est un animal debout, c'est pour qu'il regarde toujours plus haut, pas pour qu'il roupille. »

« Comment ne pas prier Dieu après ça ! » murmura Florence. Et Adrien avait un visage tout souriant où luisaient deux yeux facétieux.

Plus tard, ils se retrouvèrent dans la salle à manger de « Chut ! », devant des infusions de sauge, de thym, de mauve. Adrien, debout, avait pris le relais du conférencier. Et quand, dans sa bouche, revinrent des mots qui évoquaient le rythme des saisons, la rotation des mondes et la galaxie d'Andromède « dont la lumière, fit-il, en affectant de regretter son absence de précision, a voyagé plus de deux millions d'années avant de nous parvenir », Romuald, blagueur, s'écria :

— On le savait déjà, mais ça se confirme ! Vous avez un métier tout trouvé ! Un métier en or !

— Quel métier ?

— Astronome ! Au boulot ! Et vite, cher Adrien !

— Je n'y entends goutte, Romuald ! Alors ne me tressez pas de couronne et, surtout, ne me parlez pas de malheur ! Du travail ! Ah, ça non ! Tout à l'heure, à l'Astrorama, un homme tellement plus calé que l'âne que je suis, un homme chez qui l'intelligence n'érode pas la sensibilité, soulignait combien il est important d'avoir un but. Dieu qu'il avait raison ! Chacun devrait avoir le sien, tout naturellement comme l'oiseau cherche le bon creux pour installer son nid, comme la plante se tourne vers l'exposition qui lui est la plus favorable, ou l'abeille butine la fleur qu'il lui faut... Eh bien moi, messieurs dames, mon but, je l'avoue de bon cœur, c'est la sagesse. Je l'approche en musant et en me délivrant de toute attache. »

Redouta-t-il qu'avec Florence et Bastien ces attaches ne deviennent contraignantes ? Ce fut une des dernières fois qu'on le vit du côté du massif de la Forna et du fort de la Revère. « Chut ! » perdait un de ses convives que l'ivresse des mots saisissait parfois, mais qui pouvait aussi s'enfermer dans un laconisme triste, comme si trop d'isolement exaspérait sa réflexion et l'assombrissait même quand il se trouvait entre amis.

Au début, il espaça ses visites. On le plaisantait. Avait-il rencontré l'âme sœur ? Adrien souriait, l'air d'un homme assis à la droite du Père. C'est cette ultime image de paix que Florence et Bastien eurent de lui. Un « au revoir » et il disparut dans une lumière lasse. Le soir tombait mais sans doute avait-il temps, avant la nuit, de dénicher un abri. « Vive l'insouciance ! avait-il lancé un jour, grâce à elle on croit vivre plusieurs fois centenaire. L'insouciance c'est l'école buissonnière sans la frousse de se faire prendre. »

Deux semaines s'écoulèrent. De plus en plus, l'automne empourprait la nature. Craquantes de rouille, les feuilles qui tombaient étaient si belles que l'on pouvait se figurer que la mort ne corrompt pas tout. Chacun se remémorait son Adrien Bravard. Laure appréciait celui qui lui avait conté l'histoire d'un trimardeur condamné à marcher sans relâche, pour expier une faute que ses frères humains ignoraient. Dieu, qui par fonction sait tout, s'était prononcé pour ce châtiment. Mais tout Dieu qu'il était, le sommeil s'emparait parfois de sa souveraine personne Alors, pris de compassion, des anges aidaient le forçat des routes et des charmilles : ceux-là le soutenaient par les épaules, cet autre collait des ailes à ses pieds. Quand Dieu s'étirait, bâillait et ouvrait un œil, les anges décollaient les ailes et disparaissaient. Ni vu ni connu. Croyaient-ils sincèrement que leur manège échappait au Roi du ciel et de la terre ? Ne le voyaient-ils pas rire dans sa barbe blanche et fleurie ? Adrien ne donnait aucune morale à son histoire, sinon que lorsqu'il se sentait le pied léger il lorgnait alentour pour voir si des séraphins ne lui tenaient pas compagnie... Romuald s'extasiait sur le savoir du Bourguignon. Il redisait : « Il aurait pu se faire une place au soleil mais il est sûrement de ces dilettantes qui méditent pour le plaisir de méditer, réfléchissent dans la solitude et n'ont pour ambition que de se satisfaire en discutant avec des amis, voire en gardant pour soi ce qu'ils ont appris. » Ce à quoi Gabriel, mi-rieur, mi-sérieux, répliquait : « La place qu'il s'est faite dans la vie est plus considérable que la nôtre. Il n'a pas de murs autour de lui, aucun toit sur la tête, ni percepteur sur le dos... » Bastien parlait de l'individu inapte à s'intégrer dans la société, allergique aux rassemblements, qui ne manquait jamais de rappeler que de la foule germent, çà et là, des élans de qualité mais aussi des choses terribles. Tout dépend des gourous qui chauffent les multitudes. Donc méfiance ! Il assurait qu'Adrien lui avait confié qu'en mai 68 il avait senti s'aiguiser le couperet de la guillotine. Un rien et la lame basculait comme lors de la Terreur sous la Révolution. « Avisez-vous donc de contenir une foule surexcitée où soudain un père de famille paisible, un adolescent qui hier jouait au Meccano se métamorphosent en écorcheurs ! » Adrien évoquait alors les masses allemandes endoctrinées par le pire, l'hystérie de la populace arabe où chaque vague de hurlements amène une vague plus grosse, plus dévastatrice, les gardes rouges en Chine, les Khmers tout aussi rouges et plus sanguinaires, la mort de Mussolini et de Clara Petacci pendus par ceux-là qui l'avant-veille les portaient au pinacle. « Oui ! Comment maîtriser ces déferlements ? » martelait Bastien qui, plaçant sa main devant sa bouche, imitait Adrien : « Des politiques, des écrivains, des saltimbanques, des philosophes, des forcenés chez qui l'étroitesse de vues et la partialité expliquent la prétention à tout comprendre, les accusateurs publics qui sommeillent en beaucoup d'hommes créent des événements qui progressivement leur échappent. » Et de citer une lettre de Marx à Engels : « Je me fous probablement le doigt dans l'œil, mais, dans ce cas, on peut toujours s'en tirer avec un peu de dialectique. » « Lui s'en est tiré. Et son compère. Mais pas des dizaines et des dizaines de millions d'hommes et de femmes », ajoutait-il.

Inversement, et ses visites à « Chut ! » le montraient, il semblait à Bastien que, réfractaire à la société, à ses abstractions, à son grouillement, Adrien s'accordait avec les individus pris séparément. Parce que là, entre quatre yeux, passent des ondes que l'on peut retenir ou écarter. Ingénuité du cœur, intuition, discernement né de l'expérience font le tri. « Et ce tri, disait-il, est impossible à envisager quand la foule emporte tout. On peut demander à un homme seul d'arrêter sa course afin de s'attarder sur la joliesse d'un papillon et ne plus se soucier, pour quelques secondes, du néant de la vie. La même demande, inutile de la faire à une meute en furie, à un cyclone. »

— Alors pourquoi Adrien ne se manifeste-t-il plus ? interrogeait Florence. L'a-t-on déçu ? Mortifié ?

Comme personne ne se sentait coupable à son égard, l'inquiétude prévalut. On se mit à explorer la montagne. Tout flair dehors, l'Artiste était de la partie. Il fonçait souvent avec tant de détermination vers un bosquet, un fourré, un mur en ruine, au creux d'un vallon, que l'on pensait qu'au bout de son sprint Adrien surgirait, fût-ce avec un fond de pantalon arraché par la mâchoire du grœnendael. Par moments, on s'en persuadait. Animé par ce zèle d'apaisement, on distinguait une forme qui ne pouvait être que la sienne. L'espérance engendre de ces illusions. Il fallait déchanter.

— Si on prévenait la police ? suggérait encore Florence.

On était indécis. Ne convenait-il pas de compter avec la part de déraisonnable et de déconcertant que tout individu porte en soi, part qui devait être plus agissante chez quelqu'un de la trempe d'Adrien pour qui couper les ponts était une seconde nature ? Un drôle de pistolet à qui l'existence n'était sans contredit supportable que bohème, nomade, précaire ! C'est ce que l'on s'efforçait de croire afin de se convaincre que rien d'irrémédiable n'était arrivé. Adrien était parti pour se rafraîchir le cœur et se tonifier l'esprit ailleurs : voilà tout. Un jour il réapparaîtrait, exhalant la liberté, buvant à longs traits l'air d'une vocation respectée.

— Et si les flics et lui n'avaient, pardon, n'ont pas de bons rapports ? insinuait Gabriel, répondant à Florence. Souhaiterait-il que la maréchaussée se mêlât de sa vie ?

— Une fois il a été sauvé par une patrouille de police, rappelait Bastien. Il nous l'a raconté. Des gamins l'avaient agressé...

Abdou était celui chez qui l'inquiétude était peut-être la plus réfléchie et douloureuse. Il avait trop vu, tout jeune, des hommes sortir des couteaux pour un oui ou un non. Pourquoi, malgré sa prudence, son choix de ne pas se hasarder en des secteurs où des fauves tuent le temps en provoquant, cassant, cognant, extorquant, des secteurs que désertent ceux qui en ont les moyens, où les paraboles des télévisions sont tournées vers les discours des fanatiques, où brûlent les autos, s'entassent les ordures, se salissent les murs, pourquoi, malgré ses précautions, Adrien ne serait-il pas tombé à nouveau sur des monstres qui se gavent de violence et n'ont pour but que de la répandre ? « On ne va pas à eux, d'accord, mais eux peuvent s'éloigner de leurs bases », insistait-il. Il y a peu, il avait été témoin d'une scène de folie qui le glaçait rétrospectivement. Véhicule en travers de la route, un jeune Arabe avait jailli tel un furieux vers un automobiliste qui s'était permis de klaxonner après avoir fait preuve d'une patience dont lui, Abdou, pouvait attester puisqu'il se trouvait pris dans cet embouteillage. A coups de pied puis de cric l'adolescent avait réduit la voiture de l'automobiliste à l'état d'épave. Impossible d'intervenir, sinon au péril de sa vie. Et, pour faire bonne mesure, l'enragé vola la sacoche de sa victime, un homme aux cheveux blancs, tandis qu'à son côté, sa femme, blessée au bras, gémissait.

— On ne peut rien attendre de bien de garçons comme ça, déplorait Abdou. Qu'espèrent-ils ? S'aiment-ils eux-mêmes ? J'ai essayé parfois de discuter avec ces types qui tirent orgueil de leur connerie. Ils se croient malins. Ils crachent sur tout. Quand on leur tend la main, ils pensent qu'on baisse son pantalon. Le moindre signe de politesse est pris pour une faiblesse. Si on est gentil, c'est parce qu'on a beaucoup à se reprocher ou qu'on a peur d'eux. On parle des difficultés d'intégration ? Mais en Algérie, s'ils y retournaient, ils pourraient encore moins s'intégrer ! Ceux qui le leur expliquent, ils les traitent d'esclaves, de collabos. Y compris leurs parents. Les pauvres ! J'ai de la peine pour ces gens-là qui ont tant travaillé ! Leurs enfants leur échappent. Ils ne savent plus que faire ! Et la religion qui, avant, donnait une morale les incite à présent à la bagarre et au merdier.

— Les jeunes Arabes ne sont pas seuls à être sans force de résistance devant le mal à moins que le mal soit la seule force qui meuve ces desperados, objectait Bastien. Ils croient se libérer des chaînes et ils s'enfoncent toujours plus dans la servitude.

— Justement ! s'exclamait Abdou. Il n'y a pas qu'eux ! Ça multiplie les dangers !

De discuter ne faisait pas revenir Adrien. A l'automne succéda l'hiver, ce qui ne surprit personne. Mais la disparition continuait de mettre en peine les habitués de « Chut ! ». Même Gabriel, qui ne s'étonnait de rien et dont les paroles avaient généralement les vertus d'un baume, se montrait moins optimiste. On lut les faits divers avec attention. On ne pouvait demander compte de ses actions à un personnage aussi indépendant qu'Adrien, mais il était pénible de concevoir qu'il ait agi d'une manière aussi inexplicable, voire ingrate.

Et puis choses et gens n'eurent plus beaucoup d'importance : ni les radotages sur la gloire du ciel, ni les grands mots sur l'élan des sèves et le pathétique des nostalgies, ni le folklore des professionnels du rail, ni la symphonie d'Honegger, ni les modèles réduits qui avaient réclamé tant d'heures de boulot, ni la réticence des cailletiers à s'acclimater à la température du parc de la Revère, ni l'insolence de ceux qui détiennent un petit pouvoir, ni les impatiences qu'engendre la mesquinerie au quotidien, ni la disparition d'Adrien Bravard... « Regarder l'espace, c'est remonter le temps », affirmait-il. Eh bien, qu'il y reste au sein des étoiles, dans ses poussières d'astres, qu'il enfourche à son gré ses fictions et chevauche des milliards d'années jusqu'aux confins de l'impossible ! Non ! Non ! Choses, gens, tout l'attirail des joies furtives, des attendrissantes et modestes vanités, des exutoires, des miroirs aux alouettes, des hobbies qui occupent les journées des hommes, tout le fourbi des coupeurs de cheveux en quatre, les récréations et les diversions n'eurent plus d'importance pour Bastien !... La veille de la Saint-Amour, douze ans après la fête où fut pendue la crémaillère dans « Chut ! », ce fut l'écroulement.

Août crépitait de soleil. Les herbes jaunissaient. Sous l'emprise de la chaleur et de la soif, certains arbres paraissaient se tordre de douleur. La terre se cachait sous les roches et les cailloux comme pour y chercher un peu d'ombre. La moindre imprudence — un mégot mal éteint, un tesson de bouteille abandonné qui fait loupe — et ramures, troncs, buissons, boqueteaux, rares marguerites sauvages auraient ouvert le bal maudit de l'été quand le feu attise la tragédie d'un pays qui s'y connaît.

Dans cette offensive de la canicule où chaque bruit (zigzag des bourdons et des abeilles, frou-frou d'un merle dans un taillis, zézaiement d'ailes de mouches, aboiement d'un chien au loin auquel l'Artiste daignait répondre), dans cette charge de l'été sûr de son fait où les bruits étouffés, torréfiés, rappellent que le monde bouge malgré les ordres de sieste venus d'en haut, seul — triomphant et coloré — le potager de Bastien et de Florence se jouait de la friture qui menaçait. Tomates, salades, haricots, aubergines, courgettes (avec des fleurs *coum'acò* qui invitent aux beignets), poivrons de Cagnes-sur-Mer (« ceux qui sont longs et pointus », disait Bastien quand il en parlait à des Parisiens), et des figues qui s'ouvraient offertes au plaisir de la bouche faisaient de « Chut ! » un havre qui riait aux anges, une terre promise. Ce signe que l'homme, en définitive, ne se laisse pas faire, fût-ce par la saison brûlante aux arrière-pensées de flammes, était édifiant. Mais à quoi bon ? A quoi bon tant d'effort, de persévérance ? Tout s'écroula..

Florence et Bastien avaient passé une partie de leur journée sur l'une des îles de Lérins, Sainte-Marguerite, la plus vaste. Le bateau d'un ami de l'indispensable Gabriel les y avait menés en partant de Cannes, distante de moins d'un kilomètre. Ils en revenaient les pores de la peau gorgés de soleil et de sel, les poumons et les cellules imprégnés d'iode, de l'exhalaison des pins et des eucalyptus géants, la tête emplie des légendes et des drames qui hantent ces « îles d'or » comme on les nomme. N'était-ce pas là que les pirates sarrasins et ligures immolaient leurs captifs ? N'était-ce pas là que des centaines et des centaines de religieux furent massacrés, que le diable mit Dieu en colère au point qu'il en immergea les terres pour les laver des souillures du mal comme il les inonda, afin de complaire à saint Honorat, des siècles plus tard, pour en chasser les serpents qui proliféraient et puaient ? Et surtout, n'était-ce pas là que le Masque de fer vécut son calvaire et continue d'opposer historiens et farfelus trois siècles après sa mort ? Il est des cendres qui ont la vie dure. De sa visite au fort Royal et à la cellule où croupit le prisonnier, dont le masque était de cuir et de velours et non de fer, Florence aussi était sortie avec l'intention d'en savoir davantage sur cet illustre à l'identité controversée et à l'énigmatique postérité. Ne va-t-on pas jusqu'à soutenir que du petit-fils du Masque de fer naîtra Bonaparte ? Le cachot donnant sur la mer (quelle effarante et sadique punition face à l'illustration extrême de la liberté !), l'intensité des images, le destin déchirant de celui qui fut peut-être comme d'autres un enfant insouciant et rieur, la couronne et la lumière du martyr, les hauts murs, les meurtrières, les moisissures, les voûtes, les corridors étroits : le décor était planté. Restait à lever le rideau, une fois de plus, sur le secret de ses origines. La sensibilité de cet être de chair et de rêverie qu'était Florence s'y apprêtait.

Il était proche de minuit. Ils avaient quitté les amis après un dîner chez Sandro, un collectionneur de Cannes. Sandro parlait de la traction à vapeur avec le lyrisme d'un lecteur qui sublime les cap-horniers ou les terre-neuvas des temps de la marine à voiles. Il possédait plusieurs toiles où Bastien avait peint des scènes ferroviaires. Il comptait en détenir une où l'on verrait une locomotive engagée sur le pont d'Anthéor, ce viaduc en courbe digne des bâtisseurs de cathédrales.

— Je voudrais l'avoir sous les yeux, disait-il. Je l'accrocherais là (il désignait une cloison). J'ai une photo prise après la destruction du pont durant la guerre. Je la ferai agrandir et je la mettrai à côté de la toile. Pouvez-vous me faire ce tableau ?

Bastien accepta l'offre. Tout en conduisant, il songeait aux ouvriers compagnons qui avaient rebâti le viaduc. Il pensait aux bombardements comme ceux qui mirent en pièces le côté voie ferrée du pont du Var. A vingt-trois reprises, les bombardiers américains avaient échoué. C'est qu'ils n'aimaient pas prendre de risques. Il fallut l'intervention des bombardiers légers britanniques opérant en piqué pour le démolir six mois et dix jours après la première tentative. C'était le 12 juillet 1944. Bastien en connaissait la date car ce jour-là Alexandre avait failli se trouver sur place. On le rappelait quelquefois en famille. Le viaduc d'Anthéor, aussi, avait résisté longtemps aux feux des avions alliés. Livrerait-il plus facilement sa majesté au pinceau de Bastien ? Il se voyait déjà en train de peindre. Comment se hisser à hauteur de ce chef-d'œuvre ?

— Tu penses à Anthéor ? demanda Florence.

— L'heure arrivera où nous n'aurons plus besoin de parler toi et moi, répliqua-t-il, songeant que le mot tendresse était le maître mot de leur existence.

Il conduisait avec prudence. Florence passa son bras sur ses épaules et pencha sa tête vers lui. Elle revivait sa journée. Elle se promettait d'accoster à Lérins de nouveau mais d'abord à Saint-Honorat où elle tenait à assister, un de ces dimanches, à la messe abbatiale célébrée par les cisterciens et à acheter liqueur et essence de lavande que les religieux distillent en leur monastère. Son esprit vagabondait, ensorcelé d'air, d'étourdissantes splendeurs, de traces historiques et patibulaires. Ici, la prière et l'élévation de l'âme : le paradis terrestre ; à deux brasses, un homme détenu pendant onze ans (dix-sept pour d'autres) : l'enfer. Le couperet des lois justes ou injustes peut détruire lentement. Les lieux imprégnés du souffle des dieux (et de celui-là il fut dit par un saint que « l'univers entier n'offre pas de plus beau séjour ») ne tordent pas, forcément, le cou au terrible.

Tout s'écroula...

Florence et Bastien rentraient chez eux. Avant le plateau de la Justice où l'inscription « voie sans issue » a été supprimée (l'équité se déciderait-elle à être de ce monde ?), un véhicule les rejoignit. Bastien ralentit ; le conducteur ne les doubla pas. Cinq cents mètres plus loin, au col d'Eze, clignotants mis, Bastien abandonna la Grande Corniche. Il tourna à gauche afin de prendre la route étroite qui mène au fort de la Revère. La voiture qui suivait bifurqua aussi. Etait-elle pilotée par un éducateur de « chiens guides d'aveugles », un astronome ou un des rares habitants du massif de la Forna ? se dit Bastien sans s'interroger davantage. Mais au premier virage en épingle à cheveux, la bagnole s'approcha dangereusement tandis que son conducteur allumait au maximum des phares blancs. « Qu'est-ce qu'il a, celui-là ! s'exclama Florence, plaçant sa main droite en visière. Il a bu ou quoi ! Laisse-le passer ! » Quoique ébloui, Bastien se déporta sur sa droite, au plus près du précipice. Les pneus soulevèrent les gravillons. Le ravin était là. Bastien était blême ; Florence pétrifiée. Curieusement, leur poursuivant se laissa distancer. En traversant le faux plat où de jolies maisons s'harmonisent avec le paysage, la voiture folle sembla s'arrêter. « Il y a vraiment des détraqués », fit Florence, regardant dans le rétroviseur de droite puis se retournant. Elle n'avait pas terminé sa phrase que l'enfer fut de ce monde. La voiture non seulement fondit sur eux mais les toucha. Ce jeu de chat et de souris devait plaire à son conducteur. Il freina, revint en force, talonna l'arrière de la décapotable bleu azur construite par Bastien. Deux, trois touchettes, un coup plus violent, et le furieux ralentit. Bastien se dit qu'il aurait dû klaxonner sans interruption sur le faux plat où se dressaient les habitations. L'appel « au secours » aurait-il été entendu ou aurait-on maudit l'auteur du vacarme nocturne sans quitter le lit pour autant ? Que faire maintenant ? Continuer ? Mais la route, là-haut, est en cul-de-sac et il n'était pas question de rejoindre leur maison : ils n'auraient pas eu le temps de s'y barricader. Et comment se soustraire à la violence quand des forcenés ont décidé de s'y adonner ? Car à présent la perplexité n'était plus possible. Il s'agissait bien d'un dangereux détraqué qui les pourchassait. Etait-il seul ? Non, pensa Bastien. Ce genre de déséquilibrés pratiquent cet amusement d'épouvante à plusieurs. Pour en rire. Pourrai-je mettre à profit ma connaissance des lieux pour les semer ? se dit-il encore. Au-dessus du fort de la Revère, s'étend un vaste plateau non goudronné. Faire demi-tour, là, sur la terre battue, défoncée par endroits, et reprendre la route dans le sens de la descente pouvait être une solution. Mais la BMW (Bastien avait pu le constater quand l'autre éteignait ses phares : il s'agissait d'une BMW surpuissante de couleur sombre) était trop rapide pour le vieux moteur de sa Triumph GT. Il n'eut pas le loisir de réfléchir plus. Un choc souleva la décapotable. Florence hurla. Un bruit assourdissant de ferraille, des secousses, une cascade de cahots, des éclats de rire : puis plus rien. Ce sont les éclats de rire que Bastien entendit en dernier. Florence, elle, ne les entendit pas. Sur la petite route, en surplomb, quatre ombres regardaient. Il y eut des bruits de portières, puis le silence.

— Il ouvre les yeux.

— La femme n'ira pas loin. Elle respire à peine.

Ce furent les premiers mots qui parvinrent à Bastien. Ils semblaient si lointains qu'ils ne le concernaient pas. Il avait la sensation d'exister, mais était-ce bien lui ce tas de souffrances et de terreurs ? Il n'était qu'une plaie. De la gorge au nombril la lame d'une scie le tranchait à vif ; une crosse tapait sur ses dents ; un scalpel déchiquetait ses gencives ; un socle labourait son front. Il se cabra. Il bougea ses doigts, ses bras, ses jambes, remua la tête. Tout répondait et, en même temps, il croyait que ce n'étaient pas ses doigts, ses bras, ses jambes, ses pieds qui bougeaient mais ceux d'un être qui, auprès de lui, dévorait et aspirait ce qui lui restait de forces. Seule la souffrance lui appartenait en propre. Il avait un goût de sang dans la bouche. Il porta la main droite sur son visage. Poisseux comme du miel.

— Ne vous agitez pas, monsieur.

Il entrouvrit les paupières. Par la fente, il aperçut de vagues ombres. Etaient-ce ses cils qui les enténébraient davantage ? Une pluie drue ? Un voile ? La nuit ? Autre chose ? Il eut la sensation que son corps s'éparpillait. Il devait le rassembler. Il s'attela à la tâche. Il ferma les yeux pour mieux se retrouver, se recoller, bander ses forces.

— Il retombe dans les pommes.

Il aurait voulu crier qu'il était conscient. Il tenta de parler :

— Ma femme...

Personne ne répondit. Avait-il parlé assez fort ? Avait-il même murmuré ? Quelques soubresauts, des saccades plus vigoureuses suivies d'un court-circuit, et ce qui pouvait être la mort l'enveloppa d'un cocon d'ouate. Il y eut un éclair blanc, une boule rouge, une coulée de boue ; il n'eut plus mal.

Là-bas, le klaxon d'une ambulance s'époumonait. Quand il fut proche, il haleta puis se tut : une immense bête blessée qui expire ; c'était lugubre et déchirant. Quelqu'un prononça ces paroles :

— Occupez-vous de l'homme. Pour la femme, on dirait qu'il est trop tard.

Le goût salé des larmes supplanta le goût fade du sang. Il se souvenait de peu de chose sinon qu'on l'avait placé dans un cercueil au couvercle vitré. Au-dessus de lui : une agitation sourde. De la mélasse coulait dans son dos. Elle le collait au plancher. Des chaînes l'emprisonnaient : des chaînes qui le saucissonnaient du sommet du crâne aux orteils. Pourquoi mettre des chaînes à un front et à des doigts de pied ? Pas un seul millimètre de son être qui ne lui faisait mal. La douleur ricochait dans ses veines, ses artères, sous sa peau. Il habitait une éternité de souffrance. Pourtant il parlait. Il ne disait que trois syllabes, inlassablement les mêmes : « Ma femme. » Il les articulait avec lenteur : « ma fem me, ma fem me » et tout ce monde autour de lui, ces ombres de merde faisaient mine de ne pas l'entendre ! Lui s'entendait. Mais ses mots n'avaient pas de résonance. Ils bourdonnaient dans ses oreilles sans se répandre dehors. Le désir le prenait de taper des pieds tel un enfant rageur, de mordre son index replié jusqu'à en emporter la phalange. Une paralysie l'en empêchait. C'est ça : une paralysie, une léthargie en un lieu capitonné qui étouffait tout. Aucun doute : on l'avait piqué au curare ; il vivait mais il n'était qu'un cadavre. Une peur panique pénétra en lui ; une vrille, un pieu. S'il cédait à l'affolement, il serait happé à jamais : goutte à goutte, lambeau par lambeau il tomberait dans des abîmes d'où l'on ne revient pas. Quelle nécropole, la vie ! Il y eut des bruits de sabres, de chaînes que l'on brasse et dénoue, un racornissement de sa peau sous le regard d'un projecteur insensible. On cessa de jeter des pelletées d'essence dans le feu qui le léchait et dévastait le moindre de ses vaisseaux tout au-dedans de lui. Repu, le mal s'atténua. Il n'y avait pas de cercueil, pas de boue, de curare, d'essence, de feu, de sabres, de chaînes ni de mélasse ; à peine une veilleuse en guise de projecteur.

— Ma femme.

Cette fois on l'entendit.

— Elle va bien. C'était plus spectaculaire que grave. Comme pour vous, d'ailleurs.

Le flot de l'existence roula des étoiles d'or, entonna des couplets de rossignols, des chansons de sources dans des conques de quartz et de mousse. La joie l'enveloppa : un manteau de satin. Elle dansait comme un papillon dans les yeux bleus de l'infirmière blonde qui lui parlait. Il respira son parfum de vanille, dégusta la gaieté qui émanait d'elle. Jusqu'à la consommation des jours et des nuits il se souviendrait de cette seconde. C'est là qu'il s'était mis à pleurer. Tant de larmes s'écoulaient sur ses lèvres qu'il avait l'impression de les mâcher.

— Elle va bien.

Où es-tu mon Dieu que je me prosterne et te prie ? se dit-il.

— Bientôt vous serez réunis dans la même chambre. Ne vous effrayez pas en la voyant. Les hématomes lui ont fait comme à vous une tête de mascarade isolée. C'est carnaval en août !

Le papillon bleu et blond battit des ailes, tapota les oreillers, lissa le drap et voleta vers la porte.

« C'est plus spectaculaire que grave ! » La formule devait plaire. Le recousant (il avait été scalpé), le chirurgien l'avait employée sur le même ton allègre, que celui dont usaient les infirmières. Il paraissait non forcé. Bastien se regardait, pissant dans le lavabo. Pour être spectaculaire, ça l'était ! Son visage virait de l'acajou au violet. Un bourrelet en arc de cercle, long d'une quinzaine de centimètres, barrait son front. Son nez tenait de l'aubergine ; sa lèvre supérieure était une écorce noirâtre, ses joues des poivrons jaunes et rouges.

Quand il peignait, il aspirait à être fidèle à ce qu'il voyait mais souhaitait qu'au-delà de cette fidélité, le tableau rayonne de mystère comme si son âme, s'épanchant sur la toile, y avait mis l'impossible : les odeurs, le mugissement des vents, les soupirs de la nature joints à l'impalpable émotion. Il se regardait, pissant. Qu'était son visage aujourd'hui ? Pas du tout mystérieux. Un parent pauvre, démuni, une caricature de celui des jours communs quand une petite contrariété, le regret d'un bonheur entrevu et négligé suffisent à occuper nos heures. Là, tout indiquait que la mort avait posé ses filins sur une proie et n'avait reculé qu'à regret. On n'en était plus aux amusettes. Il se regardait. Ainsi se présentent les clowns : dérisoires, pitoyables, grotesques, pathétiques. Œdèmes et tuméfactions remplaçaient fards et faux nez. Mais pourquoi songer à la peinture et ruminer l'éternelle rengaine ? Pour oublier que Florence et lui avaient mouché la mort mais qu'elle ne les tenait pas quitte ?

On frappa à la porte et elle fut là.

Ils se dévisagèrent et éclatèrent de rire.

— Ah, on est beau !

Puis les pleurs revinrent. Intarissables. Impossible de prononcer une parole. Leurs lèvres tuméfiées empêchaient qu'ils s'embrassent et où s'embrasser puisqu'ils n'étaient que boursouflures, balafres, bosses, croûtes ? Ce jour-là, ils surent sans la moindre équivoque que les mots ne disent pas grand-chose. Leurs corps douloureux, collés l'un à l'autre, secoués de sanglots, exprimaient tout. Ils leur ouvraient, dans la chasteté, les portes du ciel.

Pour Bastien tout alla rondement. La cicatrice qui amochait son front lui donnait l'air d'un vaillant guerrier sorti avec les honneurs d'un duel sans merci. Et lorsqu'il la recouvrait d'un bandeau, afin de préserver sa peau fraîchement recousue de la noircissure que grave le soleil, il semblait un hippy ou un Indien de cinéma. Quant aux souffrances qui s'y entendent pour fabriquer des nuits blanches, elles se dissipèrent quatre à quatre. N'y aurait-il eu qu'elles, en moins d'un mois, Bastien aurait oublié la terrible embardée. Comment cet assemblage d'os, de cartilages, de nerfs, de muscles, d'eau, d'hydrogène peut-il être aussi résistant ? Quand il le décide, le dompteur de mal est en nous. Pour Florence, il bouda.

Alors la nuit tomba sur « Chut ! ».

Au début, on crut que, seules, les conséquences physiques de l'accident étaient les fondements du martyre qu'endurait Florence. Mais l'on revenait bredouille de toutes les explorations. Images, réflexion des ultrasons, radios et analyses extrêmement pointues, manométrie, résonance magnétique, bref, l'arsenal des investigations ne procurait que de rassurantes informations. Les traumatismes subis par la structure interne du corps n'étaient que mineurs. Quelques massages, quelques exercices et ils seraient muselés. On le promettait. On en était convaincu. Des mains savantes y pourvoiraient. Comment ne pas s'en réjouir ? Mais comment, de même, ne pas s'affoler devant la recrudescence insidieuse des malaises ? Les rayons X et Y des radiographies ajoutaient aux inconnues, comme les séjours dans les hôpitaux insultaient à l'espérance. Quel venin s'était introduit dans les veines d'un être ? Dans quel coupe-gorge Florence avait-elle chu ? Le moindre petit geste quotidien de la vie lui était tourment. Pour se coiffer, elle tenait le peigne à deux mains. Se laver, s'habiller, se nourrir étaient synonymes de souffrances accrues. Se mouvoir, une corvée ; trouver une position de confort dans le lit, une prouesse. Dès l'enfance, comme Bastien, comme ses grands-parents, comme Gino Del Fiore, comme Abdou, Florence, par atavisme, avait apprécié les choses simples. Là, elle en rêvait comme d'un éden absolu, impossible à atteindre. Peu à peu, elle se sentit de trop dans le présent des gens heureux. Ses pauvres petits sourires d'enfant dont les beaux rêves sont tout à coup trahis par l'existence ne parvenaient pas à donner le change.

Des maladies de la merde, des raclures de cloaque, des déjections sur pattes, des rebuts de vomissures qui avaient provoqué l'accident, il ne fut plus question. Le fait divers n'avait intéressé que la presse locale. Deux jours. Les victimes n'étaient qu'un cheminot à la retraite et son épouse. En d'autres termes, des gens sans histoires, de vulgaires pékins : lui avait travaillé pour gagner le pain quotidien, elle l'avait aidé de son mieux en tenant la maison. Pas captivant tout ça. De quoi décourager l'inspiration du plus imaginatif et du moins doctrinaire des journalistes et renfrogner les responsables de la « une ». Au tripot de l'information, plus de couleur est exigée.

La police se borna au témoignage de Bastien puis à celui de Florence une semaine plus tard. Qu'avaient-ils vu ? Rien de profitable à l'enquête.

Quelques feuilles dactylographiées suffirent à résumer ce vide. On retrouva une BMW volée. Etait-ce celle qui les avait envoyés valdinguer dans le précipice ? On le subodorait. Les empreintes relevées ne donnèrent pas d'indications utiles. Les plus nombreuses appartenaient au propriétaire de la voiture. Il fut fort fâché de la voir bosselée.

Bastien retourna au commissariat. On le convoquait. La politesse y était. Pas l'efficacité. Comment pouvait-il en être autrement ? Dans les bureaux les jours succédaient aux autres dans ce qu'ils ont de minable, de brutal, d'insoumissions malsaines, de misérable, de crapuleux, de vil, de sordide, de bouleversant, de dégradant. Les policiers croulaient sous les plaintes, l'ordure, le gâchis, les effets de l'instabilité sociale et de l'inadaptation. On ne peut pas courir après tout le monde, n'est-ce pas ? Bastien le comprenait. Parfois il aurait voulu parler longuement, protester contre le terrifiant hasard qui mène nos existences. Pourquoi s'en était-il pris à Florence avec tant de poigne ? Pourquoi paie-t-on des impôts pour être, en fin de compte, si peu protégé ? Il ouvrait la bouche. Ses paroles restaient en suspens. L'odeur des bureaux l'écœurait. Le renoncement officiel aussi ; plus encore celui des promulgueurs de lois que celui des policiers accablés, dépassés, blasés et souvent désavoués. Il songeait toujours à Pauline. On avait appréhendé sur place son chauffard-meurtrier. Elle avait fait le grand saut ; il vivait en liberté : la justice n'avait pas eu la main très lourde. Arrêterait-on les sadiques qui les avaient balancés dans le fossé, qu'en ferait-on ? Il le demanda un après-midi à un policier qui le recevait.

Le fonctionnaire fit la grimace et eut un bruit de bouche, une imitation de pet. A l'évidence, il ne parut pas persuadé de la qualité de la justice. Est-ce son contact permanent avec la tourbe humaine qui lui donnait cet air sans illusions ? « J'ai essayé de comprendre les hommes, grommela-t-il. Mon désir de les aimer en est sorti très entamé. Le métier que je fais n'incite pas à l'aveuglement. » Il avait des conclusions à la Adrien Bravard.

De temps à autre, on retrouvait au fond d'un ravin la bagnole de pauvres types sans importance. S'ils étaient morts, le fait divers prenait un peu plus de place dans le journal. La popularité, fût-elle éphémère, se paie.

III

« J'ai mal... Je suis fatiguée... Je m'étouffe... Les nausées me tuent... Jamais je ne m'en sortirai... Il vaudrait mieux que je meure mais j'ai peur de la mort... Mon Dieu aide-moi... Ce n'est pas juste... Au secours, je ne peux plus respirer... Je vais mourir... Je suis submergée par la souffrance... Mon ventre est si ballonné qu'il oppresse les poumons... Comme j'ai mal !... Je suis découragée... Ah, ce poids sur l'estomac !... Mon corps ne m'appartient plus. Il n'est que douleur : les jambes, le dos, les muscles, les reins, la nuque comme brisée, le sternum dans un étau... Je n'en peux plus... Pourquoi vivre comme ça et pourquoi malgré cet enfer aimer encore et tant la vie ?... Mon estomac est en feu... De l'acide le perfore... Ce n'est pas humain... "Vous n'avez rien", disent les analyses et les radios. Alors pourquoi ces sanctions ?... Je n'ai même plus la force de me laver. Plus l'envie même ; c'est un comble !... Une enveloppe de plomb pèse sur mes épaules. On dirait qu'irrésistiblement son poids m'enfonce dans la terre... Je suis une loque... On me démolit de la tête aux pieds. Je perds mes cheveux par poignées... Les nausées ne me quittent pas. Quand on a le mal de mer, on voudrait se jeter par-dessus bord pour que cela cesse. Je ne veux pas me jeter par-dessus bord. Je veux vivre. Je veux vivre... J'ai une forge dans les bronches... Grand-père, grand-mère priez pour moi !... Ma tête pèse trois tonnes. Des pieux la transpercent... Ma nuque ! A hurler !... Une vrille me perfore l'estomac, le côlon... Mes os ! Il y a comme des plaies à l'intérieur... Tout me brûle quand j'avale... Mon corps est mon ennemi. Il m'en fait trop ! Trop de cruauté ! Il est étranger à moi. Un étranger féroce, impitoyable... C'est atroce... Des coups de massue s'abattent sur mon crâne. Mon Dieu pourquoi !... Je ne suis pas bien couchée, pas bien assise. Impossible de me tenir droite. Alors ?... Cette fois, c'est la fin. Tant pis. Je n'y vois plus. Tout se brouille... Seigneur, pourquoi suis-je punie ? Je suis une bonne fille. Je n'ai jamais fait de tort à personne. Pourquoi ce châtiment ?... J'ai tout pour être heureuse. J'ai une belle maison, un gentil mari. Je suis calme. Alors pourquoi ces griffes de bête fauve qui me déchirent ? Pourquoi cette hostilité presque permanente ? Vierge Marie protège-moi ! Je ne peux plus respirer. Au secours... Je pleure comme une enfant mais ce n'est pas moi qui pleure. J'ai honte... Je ne suis que blessures... Je n'habite plus mon corps... On me ment quand on me dit que je n'ai que des troubles fonctionnels. J'ai autre chose de terrible qu'on me cache. Bastien, dis-moi la vérité. Je t'en supplie... Je ne sens plus mes jambes... Mon estomac et mon ventre vont éclater... Maman !... Je fais tout ce que me prescrivent les médecins — médicaments, régimes, relaxation, respiration parce qu'il paraît qu'on ne sait pas respirer convenablement — et je ne reçois aucune récompense pour cette obéissance. Mais qu'est-ce que j'ai mon Dieu comme maladie ?... Je suis foutue... On dit qu'il faut de la volonté. J'en ai. Mais il y a des moments où elle ne sert plus à rien. Demande-t-on à un cul-de-jatte de courir ?... La souffrance finit par user les plus forts... Tout m'intéresse, j'ai soif de vivre et je suis là, si lasse, si douloureuse... Ah, si je tenais le tueur qui a mis ma vie en morceaux ! Je lui broierais les os un à un. Je lui fracasserais la tête. Je l'éventrerais, je lui arracherais les ongles, les yeux. Il nous a détruits, Bastien et moi ; et lui, le criminel, continue sans doute à bousiller d'autres existences en ricanant au volant d'une bagnole volée et en toute impunité... Je suis hachée. On me coupe l'intestin, l'estomac, les cuisses... Jamais je n'ai été aussi mal. Je dis toujours ça. Mais là ça dépasse tout... Je n'ai plus honte de rien. Je m'en fous... Je suis à côté de mon corps... Il m'embarrasse de la racine des cheveux aux orteils. Je suis trop gonflée. J'étouffe. J'étouffe... »

Il arrivait à Bastien de se demander où il puisait la force de supporter ce déferlement halluciné, ces litanies de l'écrasement, de l'incompréhension, du désarroi face à l'envergure du mal, ce deuil des espérances combattues pourtant par la volonté de vivre. Et elle ? Où prenait-elle l'énergie de ne pas capituler ? La route était sombre, le ciel chargé d'éclairs, les garde-fous et les points d'appui branlants, mais par un indéracinable pouvoir de résistance, dans son tréfonds, toujours elle luttait et finissait par desserrer l'étreinte du renoncement. Quel exemple elle donnait !

Ils étaient loin les matins où Bastien, plateau à bout de bras, fêtait les réveils de Florence. Elle déjeunait. Il la couvait des yeux. Au-delà de la terrasse de « Chut ! » la nature était à leurs pieds et tous deux semblaient avoir été conçus pour célébrer les noces de l'homme et de la femme avec le ciel et la terre sans quitter leur logis. La redoutable passion de la tristesse qui çà et là l'empoignait : Dieu qu'il regrettait d'y avoir cédé ! Quel grotesque outrage à l'esprit de la vie ! Ah, il a belle figure l'égreneur de tourments métaphysiques quand débarque le vrai malheur !

Maintenant, six jours sur sept, Florence se réveillait accablée par des malaises impitoyables. Et quand le réveil laissait filtrer quelque espérance d'apaisement, le bien-être ne durait pas.

Comme avant, comme au temps des beaux jours, Bastien se levait tôt. Comme avant, il déjeunait après avoir servi Pitchounette et l'Artiste qui avait su acquérir le même privilège, encore que la préséance de la première bouchée revenait à la chatte, d'autant plus attachée à ce principe qu'elle vieillissait. Puis il tendait l'oreille. Une quinte de toux, un froissement de drap, un craquement du lit et, pieds nus, il se dirigeait vers la chambre. Comment étaitelle ce matin ?

Parfois, la nuit avait été calme. Pas de plaintes, de cris rauques, pas de ces cauchemars qui traduisaient ce que son corps endurait : « Non docteur ! Assez ! Non ! Vous m'arrachez l'estomac ! Ne cognez plus ! Plus de râpe dans le corps ! Attention à mes épaules ! Vous les tordez ! A l'aide ! On me torture ! Salauds ! » Elle se lamentait, râlait ; ses dents grinçaient. Aussitôt réveillé, sans la transition d'hébétude de celui qui dort profondément et que l'on secoue (dormait-il jamais profondément depuis la terrible nuit de l'accident ?), il s'approchait de Florence, essayant de la tranquilliser avec toute la délicatesse dont il souhaitait être capable. Il l'enlaçait. Souvent elle acceptait, se blottissait contre lui, serrait ses mains.

Quelquefois elle le repoussait, sanglotait, incapable d'échapper au flot boueux qui l'entraînait, mal remise de son rêve cruel.

— Tu devrais être contente, puisque ce n'était qu'un cauchemar, murmurait-il.

— Je voudrais t'y voir ! Il se poursuit ! Eveillée, j'ai toujours aussi mal.

Elle pouvait aussi se montrer agressive. Où était la Florence si douce qui avait le don de vivre au plus haut d'elle-même ? Tout à ses meurtrissures, elle brisait avec ses croyances : Dieu, la Vierge, ses grands-parents, Bastien... Dieu et la kyrielle de ses saints n'existaient pas puisque personne n'intervenait, là-haut, afin d'interrompre son calvaire. S'ils existaient, où étaient leur bonté, leur devoir de miséricorde ? A moins que le royaume des cieux n'ait été occupé depuis toujours par les esprits du mal. C'était ça l'escroquerie, l'ignoble subterfuge, la vacherie, la duperie, l'énorme mystification ! Et ses grands-parents ? Ils n'étaient plus que poussière. Comment les croire en mesure de veiller sur elle, d'intercéder pour alléger le poids de la croix qu'elle portait ? Comment croire en ces sornettes ? Les morts étaient morts et puis basta ! Quant à Bastien elle était agacée par ses prévenances ! Suffit ! Il en devenait mièvre, doucereux, sournois, trompeur. Il lui parlait comme à une enfant ; une gâteuse ! « Sa patience, son dévouement, son obligeance, ses airs résignés lui donnent le beau rôle, se disait-elle. De là à ce qu'il en tire satisfaction il n'y a qu'un pas ! L'homme peut se rengorger de tout ! »

Une fin d'après-midi, où la descente dans les labyrinthes de la souffrance ne cessait pas, où l'infinie malveillance des démons la crucifiait, elle voulut s'en prendre au missel qu'elle gardait depuis sa communion, aux images saintes, à la photo du grand-père Bruno et de la grand-mère le jour de leur mariage, cette photo qui était sur sa table de nuit près de la lampe.

— Je vais déchirer en miettes ces amulettes, ces fétiches qui ne servent à rien, je vais jeter tout ça, menaça-t-elle.

L'aurait-elle fait si Bastien n'était intervenu ? Il la contempla comme on lève les yeux vers le ciel. Ce n'était pas elle qui, haletante, hurlait et défiait le Christ et les épreuves qui faisaient de son existence un bagne. La douleur qui l'asservissait lui dictait ce projet de destruction qu'elle aurait regretté si elle l'avait exécuté. Elle brava d'abord le regard de Bastien avec insolence, une dureté coléreuse. Puis elle se déroba. Elle eut alors des frémissements de répulsion — contre sa propre fureur ? ses blasphèmes ? les traîtrises de son corps ? — et, en pleurs, elle se retira, se coucha et se tint immobile, les yeux clos, silencieuse, comme si elle avait eu le pressentiment de ne pouvoir aborder un monde plus clément que peu à peu.

Elle ne s'en rendait pas compte mais il l'observait, caché derrière la porte entrebâillée. Il n'avait pas le sentiment d'être indiscret. C'est le mal qu'il épiait, toisait, ce mal dont il tentait de comprendre la stratégie pour tenir ses attaques à distance, les prévenir, ce mal qui se métamorphosait en destin, qui changeait la vie d'un être, le jetant en pâture à la souffrance, le faisant l'esclave des exorbitantes poussées de cette souffrance. Elle eut encore des tressaillements, des spasmes. Puis les messagers de l'horreur lui accordèrent quelque répit. Elle s'endormit, visage tourné vers Bastien. Comme il le détaillait ce visage ! Il cachait sans doute les mystères de l'être comme tous les visages, mais là, au bord de l'abîme qui aspirait la suppliciée, dans le fracas et les tumultes muets de la douleur, impossible de jouer et de tricher. Même le provisoire repos ne parvenait pas à atténuer les rides et les stigmates de la malédiction. Son front était plissé, surtout en son milieu, entre les yeux et au-dessus. Il était en alerte. Il marquait la défiance envers le prochain coup de boutoir qui ne manquerait pas de se manifester. Tout le corps s'y préparait. Elle transpirait. Sa respiration, bouche entrouverte, était saccadée. Elle s'y reprenait à deux, trois, quatre fois pour récupérer des goulées d'air. Elle s'asphyxiait, s'étranglait. De temps à autre, une plainte sortait de ses lèvres et puis, petit à petit, le harcèlement du mal se ralentit. Les rides se gommèrent, la bouche se ferma, le souffle exténué reprit sa régularité. Un élixir de jeunesse, une eau de jouvence domestiquaient l'orage. Florence redevenait Florence.

Il restait là à la regarder. Des larmes lui venaient. Il aurait voulu s'écouler tout entier avec elles, céder à l'abandon, se désagréger, se dissoudre, disparaître, s'anéantir. Il se devait d'être solide. Florence avait besoin de lui. Surtout ne pas pleurer quand elle s'éveillerait. Il se ressaisit. Bientôt elle ouvrit les yeux. Les deux syllabes du nom de Bastien n'étaient pas prononcées qu'il était devant elle.

— Pardon... Je te fais du mal.. Je me demande comment tu peux me supporter !... Je manque de dignité... Il y a des maris qui seraient déjà partis. Vivre avec une telle emmerdeuse ! Mais comment fais-tu ? Je sais qu'il y a les infirmes, des malades plus gravement atteints que moi, je sais que certains souffrent sans espoir de guérison. Je sais toute la tragédie du monde et pourtant, quand une crise me ravage, le dépit me coupe bras et jambes, l'affolement me terrasse. Il m'est impossible de me maîtriser. Je suis destituée de toute volonté. Et moi qui aime tant la vie ! Jamais je ne m'arrêterai de le répéter ! Ensanglantée, enchaînée, sous le fouet, rouée, je la célébrerai encore... C'est notre seule victoire sur la nuit éternelle qui nous attend...

Elle s'accrochait aux racines les plus dissimulées de son être, s'exaltait. Il l'embrassait, la caressait. Que dire sinon l'assurer du bonheur qu'il avait de vivre avec elle ? « Pour le meilleur et pour le pire », plaisantait-il. Le scénario ne variait pas. Le mal les tenait sur des charbons ardents. Bastien le vivait comme si lui-même était frappé. Ployait-elle sous son fardeau ? Une terrible tension le privait de toute envie sinon celle de gueuler « assez ! ». La paix se prolongeait-elle un tant soit peu ? Le chaos le désertait. Puisqu'elle redevenait Florence, le Bastien de toujours se ravivait, prêt à entreprendre.

Hélas, dans l'infernal chassé-croisé, c'est la souffrance qui régnait avec le plus de ténacité. Dans l'âpre lutte des ténèbres et de la lumière, la noirceur bafouait la foi. Le martyre insensé se poursuivait. Par quelle aberration cet organisme sain était-il la proie de ratés ? Un corps matraqué par un accident peut-il à ce degré ne pas retrouver la plénitude de ses moyens alors qu'aucune trace de cet accident ne s'inscrit dans la chair et dans les cellules les plus enfouies ?

A l'allopathie succédèrent ou se mêlèrent homéopathie, phytothérapie, fasciathérapie, acupuncture. Maîtres shiatsu japonais, iridologues, ostéopathes, professeurs de yoga, étiomédecins, radiesthésistes, guérisseurs furent, de même, appelés en renfort. Les nausées perduraient, le ventre était si ballonné, la respiration devenait si laborieuse que muscles et sang mal oxygénés provoquaient une fatigue qui virait à l'accablement total. A diverses heures, la sensation d'une mort imminente convertissait la douleur en panique. C'étaient des appels de détresse : « Bastien ! Bastien ! Je m'étouffe ! Je n'y vois plus ! Viens ! » C'était aussi l'arrivée, la nuit, de SOS-médecins. Et « Chut ! » n'était pas la porte à côté ! Pas facile aux secours d'y monter rapidement !

« Troubles fonctionnels majeurs. Aérocolie. Aérogastrie. Aérolie. » Telle était en résumé l'opinion des médecins. Ils concluaient : « La patiente souffre des suites d'un accident sans que de très nombreuses tentatives thérapeutiques aient procuré le moindre secours. » Conséquence : Florence fut recommandée à un centre antidouleurs : « Dans l'espérance très vive, fut-il écrit, que l'on pourra apporter quelque soulagement à cette personne si équilibrée et si sympathique. »

« Si équilibrée... » En vérité, ce n'était pas l'avis de tout le monde. Les nerfs furent accusés, un moral défaillant, « le stress même inapparent ». Un psychosomaticien accourut à la rescousse. Puis un psychologue. Puis un psychiatre. Ce fut le temps des neuroleptiques, des antidépresseurs, des questions. Certaines exaspéraient Florence. Des tourbillons d'expériences, de scepticisme, d'érudition, de pièges, de malignité les transformaient en affirmations. Les dévergondages étouffés de l'esprit et des sens, le refus de vieillir, la fragilité du bonheur des couples étaient invoqués. « Etes-vous sûre d'être heureuse avec votre mari ?... Et si vous vous mentiez à vous-même ? Après des années de mariage il y a tant de femmes qui inconsciemment ou non souffrent d'être physiquement délaissées ! »

« Notre couple va bien, très bien », protestait Florence. A un dispensateur de clichés, maniant à souhait cautèle, exhortations et dialectique, elle finit par répondre : « Mais peut-être ne parvenezvous pas à concevoir cette entente puisque j'ai appris que vous allez divorcer pour la troisième fois. »

L'homme de l'art se borna à sourire, incapable toutefois de déloger de son visage d'évidentes marques de supériorité. Les choses en restèrent là.

Il y eut ceux qui préconisaient l'acceptation de la souffrance « Il ne faut pas lutter contre elle, conseillaient-ils. Elle fait partie de la vie au même titre que la bonne santé, le soleil qui réchauffe et les vents qui glacent, la lumière et la nuit, les tempêtes et les matins paisibles. De ces extrêmes découle une harmonie. »

L'un d'eux, plus exalté, les yeux délavés, inexpressifs comme si son regard était destiné à lire en lui-même et à ne rien livrer au monde extérieur, se demandait si la douleur n'était pas indispensable à la connaissance de soi. En fait, il ne se le demandait pas. De là à l'élever au rang de bénédiction du ciel (« je souffre donc je suis »), de sacrifice nécessaire à une expiation, il n'y avait que peu de marches ; toutefois le scientifique, en lui, se refusait à les gravir. Hippocrate ne l'eût pas admis. Néanmoins, leçon apprise et retenue, Florence s'évertua à négocier davantage encore avec le mal qui la harcelait. Elle ne luttait plus contre lui ; elle cherchait à l'apprivoiser. Elle ne se révoltait plus contre le sort injuste ; elle tendait les mains vers Dieu puis elle en retournait les paumes, bras collés le long du corps, contrôlant à la fois sa respiration comme on le lui avait enseigné et prête à amortir les chocs les plus cuisants. Mais jusqu'à quel rythme de fréquence et de durée était-ce supportable ? Ça ne l'était pas.

« Bastien ! J'en ai assez ! Je ne veux plus aucun médicament ! J'ai sûrement une maladie incurable. J'ai compris. C'est pour ça que tu es si affectueux, si empressé. Ce que je subis n'est pas humain. Pourquoi, pourquoi, pourquoi ces nausées ? Elles me dévastent ! Tout part du ventre. Quand il m'accorde un léger répit le reste suit. Mais les éclaircies sont courtes. Elles foutent le camp et c'est la tornade qui s'abat sur moi. Pourtant, dès que j'ai un petit mieux, j'oublie, je repars, prête à abattre des montagnes. Mais de quelle abominable chimie suis-je l'otage ? C'est l'épouvante ! Mon sang ne circule plus, ma vue se brouille, Bastien ! Bastien !... »

L'effroyable et féroce refrain ne changeait pas.

Il y eut aussi les temps où Bastien s'impatientait et ne dominait pas son impatience. C'est qu'un autre médecin prônait cette attitude. « Il faut la secouer », disait-il. De ces semaines, Bastien gardait beaucoup de remords. Il fulminait ; elle répondait. Ils se déchiraient. Puis les pleurs venaient mais pas le pardon. « Personne n'imagine ce que je souffre ! Personne ne se met à ma place ! sanglotait-elle. Pas même toi, non pas même toi ! »

Il pensait alors qu'elle était de ces malades qui ressemblent aux noyés. On leur tend la main, ils la saisissent, se débattent, se cramponnent et vous entraînent vers le fond. Coulerait-il avec elle ? Il s'en fichait. Il ne tenait plus à la vie. Il lui devait cette délivrance : la peur de la mort l'avait déserté.

Elle le provoquait : « Tue-moi ! tue-moi ! répétait-elle. Moi je n'en ai pas le courage ! Tue-moi. Au moins tu seras tranquille. Je vais faire une lettre pour dire que c'est moi qui te l'ai demandé. Tu la montreras à la police. Je vois bien sur ta figure que tu en as marre. Je gâche ta vie. Tue-moi. Rends-moi ce service. »

Tels des enfants quand ils veulent faire mal, avec une acuité et une précision impressionnantes, tous deux trouvaient les paroles vertigineuses et mesquines qui blessent et humilient. La colère montait. Les récriminations fusaient. Une atmosphère détestable s'installait. La pièce brûlait. Leurs yeux brûlaient. Les phrases brûlaient. Comment un mal physique pouvait-il gangrener ainsi les esprits ? Leur amour en sortirait-il indemne ?

Il était le premier à chercher l'apaisement. Il prononçait les mots du repentir. Il se donnait tort. Le bonheur c'est fragile comme le cristal et par son insolence, sa nervosité, sa violence, il mettait en miettes des mois de tendresse, de vigilance, de sollicitude.

« Va-t'en, je n'ai plus besoin de toi », rageait-elle. Le ressentiment jetait des flammes. Leur personnalité se dédoublait : ce qu'il y a de démoniaque en l'homme flagellait ce qu'il y a de meilleur. Un linceul les recouvrait. Un crêpe noir.

Il s'approchait d'elle. Il était maladroit, penaud, honteux. Il reculait jusqu'à des limites insoupçonnées ses facultés d'attrition et d'humilité. Y flairait-elle une fausse bonhomie ? De l'hypocrisie ? A tout ce qu'il proposait pour la soulager, elle répliquait par un « non » buté.

— J'appelle le médecin ?

— Non !

— Si on faisait une piqûre calmante ?

— Non !

— Je te masse comme on me l'a appris ?

— Non !

— Veux-tu un thé, une tisane, un cachet ?

— Non !

Non ! Non ! Invariablement non, sur tous les registres, de la plainte à la lassitude et à la fureur si Bastien insistait trop.

L'obstination cependant finissait par porter. Elle acceptait qu'il l'effleurât. Son regard ne se détournait plus. Il avait la sensation suraiguë de percevoir les plus infimes vibrations de son âme. Quand elle posait sa tête contre sa poitrine, il se disait que la plaie allait se refermer. Une fois encore elle passerait l'éponge. Sanglotant l'un l'autre, éperdus d'amour, vacillants, rompus, broyés, ils tâchaient de retrouver l'équilibre mis en péril. Ah, ce regard qu'elle lui offrait ! Elle acceptait de pardonner mais elle suppliait que lui, pareillement, la pardonne. Car c'est de sa souffrance à elle, de son incapacité à la juguler, disait-elle, que venait le désastre.

— Dis ? Crois-tu vraiment que je guérirai ?...

Puis un peu plus tard :

— Promets-moi de ne plus jamais t'énerver comme ça.

Il promettait la guérison. Il promettait de chasser les génies du mal, de tuer son exaspération dans l'œuf. Elle se calmait. Et tous deux pensaient qu'avant, dès qu'ils étaient dans les bras l'un de l'autre, leurs corps s'embrasaient. Cette incandescence reviendrait. Il le jurait, le chuchotait à son oreille. Des flambées d'espérance les transcendaient. Elle était le rêve, le bonheur, la passion, le ciel, la folie. Elle était la fête. Elle était la sensibilité ; une harpe qui chante à la brise. Oui, oui, tout ça reviendrait ! Pitchounette et l'Artiste les observaient comme s'ils comprenaient.

« C'est nerveux ! C'est dans la tête ! »

Il n'y eut pas que des médecins pressés pour brandir cet avis lapidaire. Des personnes croisées çà et là aussi ; et malheureusement des proches. Tous, bien sûr, relevaient de la caste des clairvoyants, la pauvre malade n'appartenant qu'à un pitoyable peloton d'aveugles et de bornés.

« Il faut sortir, te changer les idées, va au restaurant, au théâtre, voyage... Repose-toi. Fais du sport... Tu n'as rien. Tu t'inventes le mal... Je connais un docteur extraordinaire. Il te tirera de là. Mange du poisson ; jamais de viande rouge. Rien de mieux qu'un steak saignant... Un régime très strict est indispensable. Mange n'importe quoi. N'écoute pas les toubibs. Quand ça fait plaisir ça ne peut pas faire de mal. Rien de tel qu'un bon bordeaux. Ne bois que de l'eau et surtout pas pétillante... » Les cerveaux fumaient d'infaillibilité et de contradictions.

Untel avait une voisine qui, au lendemain d'un accident, avait vécu la même épreuve que Florence ;

des applications d'argile avaient mis à raison les funestes effets du coup du sort. Tel autre se faisait fort d'amener la guérison à condition de répudier le traitement en cours. Celui-ci préconisait une opération ; celui-là s'indignait : « Mais enfin, ça ne peut pas durer ! Il faut faire quelque chose ! », comme si Florence et Bastien acceptaient, bras croisés, les viols incessants des puissances néfastes.

Epaté de sottise, le quant-à-soi à l'antipode de l'intelligence, le conseilleur en jetait, étincelait, plastronnait. Le même conseilleur qui claironne que son boucher est le meilleur, son boulanger, son dentiste, sa boutique de soldes, la bière et le petit vin qu'il boit, le film qu'il a vu la veille... Se sentirait-il assez hardi, il vanterait les services du fossoyeur à venir. En tout homme sommeille un cochon, dit-on. Le conseilleur ne dort jamais. La récitation permanente du précepte « j'abonde dans mon sens » est sa raison d'exister. Parle-t-il à un horticulteur de roses, à un sportif de sport, à un écrivain de littérature, à un ébéniste de tour de main, à un apiculteur d'abeilles, à un avocat de chicanes, à un pêcheur d'appâts, à un policier de suspicion : il leur en remontre. Plus la cervelle est creuse, plus le problème est réglé en cinq sec. Tout se ride dans la vie ; se donner raison en tout garde une impérissable fraîcheur.

Florence et Bastien avaient souvent noté cette propension si commune au bipède pensant à s'ériger en mentor. Elle les agaçait mais les faisait mêmement sourire. Ils s'évertuaient à ne pas tomber dans ce travers : Florence d'instinct, Bastien par expérience.

Les rapports avec la maladie devaient accroître leur irritation envers les dépositaires d'imparables solutions. Détenteurs d'un savoir médical limité à quelques articles de magazines, ces derniers en remontraient aux professeurs et aussi aux patients, oublieux que ces infortunés, par leurs quotidiennes observations, en savent assez long sur leur cas.

A force d'amortir et d'encaisser, sans trop s'y opposer, les assauts de la stupidité et de la maladresse, la dignité s'immole à la tolérance : c'est ce que finirent par se dire Florence et Bastien. Mais couper court avec les obtus de rencontre qui vous rebattent les oreilles de leur exemple et de leur science est une réaction aisée. On rembarre et on lève la séance. Presto. Sans état d'âme. Par eux la vie prend un goût si dégueulasse qu'en cracher les effets est salutaire.

En revanche, comment ruer dans les brancards, comment river leur clou à Romuald, à Gabriel, à Roland le bon chauffeur de route du temps de la vapeur ? Comment prendre la mouche avec Abdou ou Laure ? Comment se fâcher avec des amis emplis de bienveillance, de compassion, sincèrement peinés, ce qui n'ôtait pas un micron à l'épaisseur de leur balourdise ? Une balourdise au cube ! L'inintelligence à ce point devient un délit. « Il ne faut pas trop s'écouter ! Tu vis trop collée à Bastien ! Il t'empêche de t'exprimer ! C'est beau de s'aimer, mais il est indispensable de s'éloigner quelquefois l'un de l'autre sinon on perd sa personnalité... »

L'heure était proche où Florence allait être traitée de malade imaginaire et Bastien complice à force de la couver et d'anticiper ses moindres désirs. Peut-être même les considéraient-ils de la sorte, discutant entre eux ou dialoguant avec leur miroir.

Une tireuse de cartes, à qui nul ne demandait rien, le soutenait d'ailleurs. C'est Laure qui le répéta à Bastien. La cartomancienne jurait que Florence pétait de santé, qu'elle était capricieuse, adulée et qu'à trop regarder son nombril, elle se faisait du cinéma, ne pensant qu'à ses petits bobos. Que d'un malade on fasse un coupable il n'y a qu'un pas. Ainsi en est-il qui le franchissent.

Est-ce à dire que Florence et Bastien n'écoutaient pas quand on leur suggérait le nom d'une personne susceptible de les aider ? Au contraire. Ils étaient souvent prêts à noter une adresse, à se renseigner, à s'y rendre. Le malade est crédule. La souffrance l'infantilise. Attiser l'espérance revient à souffler dans le sens du vent. Même ceux qui proposaient le soutien de quelque retour à des pratiques archaïques étaient entendus. Quand la moindre embellie se fait attendre on se raccroche à tout.

« Pendant des siècles on a pensé que la Terre était le centre de l'Univers. On a cru ensuite que c'était faux, qu'elle tournait autour du Soleil. Ce ne fut pas facile de tenir pour vraie cette nouvelle vérité. Alors pourquoi ne pas admettre que d'anciennes certitudes ne puissent revenir ? » dit l'un des partisans d'obscures méthodes où habileté des mains, magie, ondes, divination, prières participent de l'art de soigner. De leurs incursions à cent lieues du rationalisme scientifique, Florence et Bastien purent bientôt dresser un inventaire où l'esprit de charité le disputait au cocasse, à la rapine, au pitoyable et de temps à autre à une efficacité momentanée. Les forces cachées bouillonnent d'activité.

Il y eut ce radiesthésiste du Vaucluse entouré d'une admiration superstitieuse alors qu'il ne payait pas de mine. Un coude sur une table, assis à deux mètres de Florence elle-même assise dans un coin de la pièce à côté de Bastien, il fumait cigarette sur cigarette. Son détachement frôlait l'absence tandis qu'il mâchait un chewing-gum comme un cheval mâchonne son mors.

« En voilà un qui ne vit pas en fonction de ce que l'on pense de lui », songea Bastien qui se faisait une autre idée d'un homme armé de vertus thérapeutiques par don du ciel.

Au-dehors, les portières claquaient : les voitures des clients se succédaient. Parmi eux des médecins, des patients recommandés par d'éminents professeurs désarçonnés par des maux qui résistaient à leurs soins. C'est ce qui se murmurait avec l'air d'être dans le secret de miracles renouvelés. Le pendule oscillait. Le radiesthésiste ne bronchait pas. Après dix minutes et cinq cigarettes, il annonça, désinvolte, que peu de séances suffiraient à flanquer dehors la souffrance. Le cas était banal. Il en faisait son affaire. Une deuxième séance, une troisième : la souffrance s'entêta ; la banalité a la vie dure.

Il y eut cet homme charmant, debout dans un cagibi près d'une barre de bois graduée. Appliqué à l'extrême, il jouait avec les graduations et, par elles, situait avec justesse où siégeait le mal. Assise au centre de la pièce, Florence l'observait. Après bien des hésitations, il s'empara d'une sorte de presse-purée, robot de son invention, y versa une poudre blanche qu'il fit tournoyer à l'intérieur du récipient grâce à un système électrique. Ainsi malaxée, la poudre, diluée dans un verre d'eau le matin à jeun, devait, à raison d'une cuillerée par jour, soumettre les douleurs. Le breuvage n'inspira pas Florence ; il lui rendit son dédain.

Il y eut ce magnétiseur d'une mâle assurance et d'un grand dynamisme. Ses mains étaient si bouillantes qu'il ventila le corps de Florence après les avoir appliquées. De lui, il ne convenait pas d'espérer une immédiate amélioration. Il l'expliqua en préambule. « Je soigne en profondeur, spécifia-t-il. Patience, la guérison viendra. » Il en était convaincu. Elle ne vint pas ; la patience décampa à son tour.

Il y eut une dame qui ne touchait pas le corps. Elle imposait ses mains en les tenant à quelques centimètres de l'endroit meurtri. Une autre avait les mains froides et la langue déliée. Elle se trouvait bien avec elle-même quoi qu'elle fît. Sinon comment se serait-elle supportée quand elle donnait noms et adresses de ceux qu'elle soignait s'étendant sur la gravité de leur état ? Son concours fit long feu.

Un masseur du crâne, de la nuque et du visage était si doux (il n'utilisait que le bout de ses doigts) que Florence, couchée sur une table et ne ressentant aucune pression, entrouvrit les yeux. Le masseur était assis sur un haut tabouret derrière elle. Il sommeillait. Elle toussota discrètement. Elle ne voulait pas le brusquer. Les doigts reprirent leur subtil mouvement ; pour compter les billets ils le continuèrent.

Il y eut Laurence puis Odile au dévouement remarquable. La qualité de certaines vies peut aider les autres à prendre congé de leurs travers. A moins que leurs exemples, par comparaison inavouée, nous vexent : le spectacle que l'on se donne à soi-même n'est pas toujours revigorant. Emerveillée par leur gentillesse, Florence tira parti de leur concours. Le labeur sournois du mal s'en trouva tenu en respect pour quelques heures parfois. Laurence et Odile ne se connaissaient pas. Toutes deux, pourtant, aimaient à citer ce mot de saint Marc : « A quoi sert-il à l'homme de gagner tout l'univers s'il vient à perdre son âme ? » Elles étaient très apaisantes. C'est à leur pieuse élévation qu'elles devaient leur sérénité et non à l'indifférence.

Il y eut le représentant d'un saint homme sur terre. Il le disait avec la plus grande sincérité, le plus grand naturel, la plus grande familiarité. La foi l'escortait. Aux médicaments, aux régimes alimentaires, il préférait la prière. L'âme immortelle est souveraine pour secourir le corps mortel. Son pendule, sa main droite, l'eau bénite dont il se servait agirent par intermittence. Puis l'accoutumance effaça les petites victoires.

Claude aussi était croyante. Elle se prodigua : massages, tisanes, carapace d'argile pour la nuit, disponibilité. De tous ces hommes et ces femmes, la plupart de bonne volonté et dociles à de vieilles recettes — même si l'un d'eux interrogeait son ordinateur après avoir enregistré les réponses aux questions qu'il posait —, M. Georges leur parut le plus efficient. La soixantaine, de petite taille, soigné et avenant, l'astuce dans la prunelle, prompt à rendre service, il sut souvent réduire des crises déchirantes. C'est un docteur qui lui adressa Florence. En dépit de sa minutie, de ses efforts, de son expérience, des stimulations électriques qu'il pratiquait, ce médecin ne parvenait pas à alléger les souffrances de sa patiente. Il en était préoccupé et peiné. Cette solidarité navrée se sentait. Un matin, il se résolut à raconter : « Ma fille avait mal à un pied au point de ne plus pouvoir le poser sur le sol. Impossible d'améliorer son état. Tout le monde échouait, y compris dans les hôpitaux. Dramatique ! Je l'ai accompagnée chez M. Georges dont on m'avait parlé. En vingt-quatre heures, elle fut guérie. Depuis ce mal énigmatique n'est pas revenu. »

Une heure plus tard, au moment du déjeuner, M. Georges recevait Florence et Bastien derrière le bar de sa pizzeria. C'était un jour où lasse d'être leurrée par l'espérance, Florence, repliée sur elle-même, était exaspérée fût-ce par les égards de Bastien. A contrecœur elle accepta la tentative. M. Georges (il fumait autant que le radiesthésiste du Vaucluse) lui appliqua sa main droite (pouce dressé) sur la poitrine et la gauche dans le dos, près de la nuque. Ses lèvres se pincèrent, il blêmit, souffla, souffla encore, changea l'imposition de ses mains, baissa la tête.

Alors Bastien assista à une cantate muette du bonheur. Le visage de Florence, gris, froissé, comme marqué par les mailles d'un tulle, retrouva ses couleurs, redevint lisse tandis que ses yeux voilés par la douleur se dilataient d'émerveillement. Ils revoyaient le ciel, les jardins de l'enfance. Il y a quelques minutes la sauvagerie du mal l'avait poussée à croire en une irrémédiable défaite. Pourquoi s'obstiner à rompre des lances contre l'invulnérable ? Là, Florence reprenait la clé des champs, apercevait de nouveaux rêves. Une lumière incrédule effaçait sur son front, ses joues, au-dessus de ses lèvres, les traces de l'usure. M. Georges soufflait et le ventre de Florence dégonflait. Les douleurs s'enfuyaient. Elle respirait normalement. Quelque chose qui lui échappait, qui échappait à Bastien et sans doute à M. Georges autorisait le prodige.

Le téléphone sonna. Il retira ses mains. « Excusez-moi. On s'arrête un moment », lança-t-il. Florence, qui était restée debout, plia les genoux. Il la fit asseoir. Elle osa, d'un bref mouvement, montrer que la fumée la gênait. Il éteignit la cigarette posée dans un cendrier, décrocha le téléphone. Au bout du fil, on commandait des pizzas à livrer. Il nota selon le goût du client — Reine, Sicilienne, Napolitaine avec un œuf à cheval, deux Marguerite —, se fit préciser l'adresse, répéta le tout. Dans le petit restaurant, d'autres clients se manifestaient. Certains s'approchaient du bar. Le pastis était la boisson favorite. M. Georges ne répugnait pas à se servir et à trinquer. Il clignait de l'œil en direction de Bastien. Des histoires de commis voyageurs amenaient de franches rigolades ; des radotages de bistrot étaient approuvés ou récusés. A une table voisine, le nez dans son verre, un homme ruminait son engourdissement. Par intermittence, il élevait la voix. « Il est beurré tous les jours, commenta M. Georges. Faut pas lui faire attention. » Entre deux additions, deux pastis, deux cigarettes écrasées, deux coups de fil, des gaudrioles, il revenait à Florence, soufflant de plus belle comme si par un invraisemblable système de vases communicants l'air quittait l'une pour être expulsé par l'autre.

Son action terminée, il montra à Bastien le résultat tel un prestidigitateur, à l'heure des saluts, désigne au public sa partenaire. Florence ne salua pas mais dit : « C'est extraordinaire ! Tout redevient net alors que tout était flou, opaque. Je te voyais à peine, Bastien. » Elle put fermer sa jupe, tourner la nuque sans gêne, lever les bras qui, il y a un quart d'heure, pesaient si lourd. Elle embrassa M. Georges.

— Combien vous dois-je ? demanda Bastien.

— Rien ! Si je prenais de l'argent ou le plus petit cadeau, Dieu m'enlèverait le don.

Florence et Bastien revinrent souvent chez M. Georges. Il montait jusqu'à « Chut ! » quand la force de se déplacer manquait à Florence. Il la soigna aussi à distance comme Laurence et Odile surent le faire en quelques occasions. Comme elles encore, comme celui qui se considérait être l'instrument d'un saint, comme Gabriel, Abdou, Laure et d'autres amis, M. Georges priait pour elle. Les uns allaient à l'église, Abdou à la mosquée, lui se rendait à la synagogue de la rue Michelet à Nice où sa place de fidèle était réservée pour le Yom Kippour. Mais le Dieu des chrétiens, le Dieu des musulmans, le Dieu des juifs demeuraient sourds. Préféraient-ils protéger l'ordure humaine, qui, une nuit, avait mis en pièces la vie de Florence et, avec elle, celle de

Bastien ? Ils inclinaient à le croire dans les heures de désespérance. Le coupable de ce crime courait (ou roulait) toujours. Chez les flics, comme au ciel, l'affaire avait tout l'air d'être enterrée.

Que se passe-t-il chez les êtres blessés ? Quel insolite travail se fait chez les plus rationnels ?

Depuis l'adolescence, Bastien n'avait pas souvent songé au Père céleste. S'il croyait aux salutaires effets de diverses pratiques ou de quelques tisanes de Pauline, il laissait aussi les hallucinations d'étoiles et la faim de miracles à d'autres. Les prières inventent ou réinventent-elles Dieu chez ceux qui s'en présument affranchis ? Qui donc peut prétendre que la foi est définitivement morte en l'homme ! « Les vieilles lunes ont la vie dure ! » eût pensé le Bastien des jours heureux tout en s'interdisant de désapprouver ou de railler la fidélité de Florence à la religion.

Une nuit, où ce qui fait battre le sang, la chair et l'âme la désertait, où la douleur lui arrachait gémissements et cris, où elle se montrait si mauvaise malade qu'il évitait de répondre car ses mots eussent été autant de balles, il sentit monter du plus nocturne de son être des phrases oubliées. Il priait. Il priait comme un vaincu. Florence en fut si surprise, que c'est elle qui l'entoura de ses bras. Elle éprouvait comme une gêne de l'entendre se plier à un credo négligé depuis des années, et, simultanément, un frisson d'air pur passa dans la chambre. Avait-elle jamais saisi autant qu'en cette seconde l'immensité de son amour ? Il est vrai que ce n'était pas la première fois que cette fulgurance la traversait.

A partir de cette nuit-là, ils prièrent bien des fois. Naguère, après son accident de travail sur le pont de chemin de fer entre La Garde et Toulon, Bastien avait offert un ex-voto au sanctuaire de Laghet. En peindrait-il un aujourd'hui si l'enfer consentait enfin à abandonner Florence ? Il l'imaginait parfois quand lourdes étaient les heures, les ténèbres voraces, l'horreur bardée de blindages, les pièges du destin innombrables. Il voyait le dessin naître sous son crayon. Florence avait un visage de madone. Devant elle défilait son cauchemar. Sur un bûcher, capturés et irrécupérables, les méchants, tordus par les flammes, lançaient encore des signes de haine. On prétend que la douleur grandit les êtres. Entend-on par là la grandeur que confère le pardon ? S'il en était ainsi, Bastien était minuscule. Il le revendiquait.

Il n'accordait pas son pardon, non plus, à trois médecins. L'un d'eux les avait reçus une fin d'après-midi, en catastrophe, à la demande d'un radiologue. Les vacances d'été avaient vidé la ville du corps médical et lui-même était à la veille de partir. Jamais visite ne fut plus bâclée. Ce n'était pas un homme que Florence et Bastien avaient devant eux mais un animal à sang froid trivial et suffisant. Un cœur de glace.

Florence exprima sa détresse. La souffrance se

répandait et courait dans ses membres. Impossible de ne pas le percevoir. A moins que l'on ne soit surtout axé sur son bracelet-montre.

Elle allait évoquer le passé de son mal quand « Cœur de glace » l'interrompit : « Inutile. Je connais votre histoire par la personne qui vous a envoyée ici. » Il l'ausculta sans demander à Bastien de quitter la pièce puis rédigea l'ordonnance tout en donnant par téléphone des instructions à l'infirmière d'une clinique où l'un de ses malades se mourait. Quand Florence et Bastien prirent congé, il leva à peine la tête : un autre appel téléphonique le requérait. Il n'était que précipitation et agacement. « Guérir parfois ; soulager souvent ; consoler toujours » : on était à des années-lumière de cette règle d'or. Les médicaments prescrits (une avalanche) furent si mal acceptés que la nuit suivante Florence et Bastien se retrouvèrent aux urgences de l'hôpital. « D'abord ne pas nuire », dit une autre règle médicale. « Cœur de glace » les avait-il jamais apprises l'une et l'autre ?

Née de l'urgence, de la dépendance, de l'impérieuse nécessité de placer sa confiance en quelqu'un, une sorte d'amitié paraissait lier le deuxième docteur et Florence. Bastien en était heureux et, lui-même, éprouvait de la sympathie pour cet homme méticuleux, aux gestes courts, même si son côté distant, vierge de spontanéité, laissait subsister un fossé entre lui et ses interlocuteurs. A l'inverse de « Cœur de glace », technicien nourri de stéréotypes pour qui le patient n'est qu'un corps émettant des symptômes, il n'épargnait pas son temps. La protection que le nourrisson trouve dans son entourage,

Florence, démunie comme le sont les malades (avec, en plus, à la différence de l'enfant, le regret de l'entrain et des forces perdus), la rencontrait chez ce docteur à la courtoisie méthodique, aux mouvements ouatés. Comme « Cœur de glace », il eut plus tard aussi son surnom : « le Chattemite ». Il fut prémonitoire.

Florence et Bastien commencèrent à être plus circonspects à l'endroit de « Chattemite » quand, au téléphone, sa voix douce se hérissait d'impatience. Il changeait. Il souhaitait qu'on l'avertît si les malaises devenaient intolérables, pourquoi alors cette nervosité ? Parce qu'il était en consultation ? Mais Florence n'exigeait pas de s'expliquer tout de suite. Elle pouvait rappeler au moment qu'il choisirait. Il y eut également son opiniâtreté à multiplier des examens inutiles chez ses amis partisans de médecine archaïque ou non et les achats de vitamines, d'autovaccins ou autres produits dans des laboratoires situés hors de Nice qu'il indiquait alors qu'on pouvait se les procurer dans la ville. Il y eut son inexactitude chronique aux rendez-vous. Il fixait 9 heures. Sa porte était fermée. Il arrivait une demi-heure plus tard sans s'excuser. Il y eut la multiplication des visites donc de l'argent exigé. Il y eut les échecs répétés de ses procédés d'acupuncture et de ses options homéopathiques. S'en plaignait-on, il s'en félicitait. « C'est que le traitement agit », décrétait-il. On lui en était presque reconnaissant. Il y eut l'incohérence de ses décisions devant la recrudescence du mal comme si l'affolement le gagnait. Il le gagnait d'ailleurs.

Il ne conçut plus bientôt d'autre solution que

l'hypnotisme. Florence se cachait des choses à elle-même. Il convenait qu'elle les évacue et vide son sac comme un lavage d'estomac permet d'expulser des poisons. Il lançait des regards obliques à Bastien. Le pensait-il responsable des choses tues ? Ses coups d'œil exprimaient de défavorables verdicts. Florence refusa. Elle ne se voyait pas dévidant son écheveau devant un hypnotiseur. « Qu'ai-je à confesser sinon le désir d'égorger celui qui a volé toutes ces années à nos vies ! Je ne me prive pas de le dire à qui veut l'entendre », conclut-elle.

L'idée de s'en remettre à un autre médecin se fit impérative. Par correction, ils prévinrent « Chattemite ». Le rapace à qui l'on dérobe une dépouille n'aurait pas eu regard plus indigné. Il cracha cet arrêt-couperet : « De toute façon ça ne servira à rien. » Il suait la rancœur. Murée dans sa souffrance, Florence reçut la sentence comme l'annonce d'un irréparable revers. Elle se courba puis se leva brusquement. Bastien regretta que la peur du gendarme empêchât de se faire justice soi-même. Mais aurait-il toujours peur des gendarmes ? Il regretta aussi les moments d'amabilité excessive dont il avait fait preuve. De sa fierté, de sa force, de son autonomie, rien ne subsistait en ces circonstances. Il était, du reste, trop aimable avec les gens à qui il confiait la santé de Florence. Il en espérait tant ! Ses yeux n'exprimaient qu'attente anxieuse, reconnaissance anticipée. Des yeux serviles. Il en eut honte. Il se promit d'être plus réservé. De se montrer moins désarmé. Il ne tint pas toujours sa promesse. Il était si malheureux.

Le sommet avait été atteint chez un fat que Florence et Bastien auraient dû récuser dès le premier contact si leurs fibres secrètes avaient tenu leur rôle instinctif de défense.

— Je vous avertis, je suis cher.

Ce fut son entrée en matière. Prit-il l'absence de réactions de ses interlocuteurs pour une acceptation de la règle du jeu qu'il imposait ? Il lâcha quelques regards qui cherchaient à plaire puis se lança dans un panégyrique de sa personne. On venait le voir du monde entier. Son carnet de rendez-vous était saturé. L'indiscutable adhésion à sa compétence résidait là.

Il invita Florence à prendre la parole. Expéditif, il trancha :

— Je ne suis pas étonné par vos tourments. A la suite d'un accident, il est fréquent que le corps perde ses repères. Le malheureux est déboussolé.

Il se chargeait de ramener dans le droit chemin des organes qui prétendaient désobéir.

Le traitement souverain débuta sans délai. Tandis que Bastien lisait dans la salle d'attente, « le Bourreau » (lui aussi eut droit à un sobriquet) plantait tant d'aiguilles dans la tête de Florence (tout en téléphonant parfois) qu'elle ressemblait à une pelote d'épingles. S'inquiétait-elle de la prolifération ? Il répliquait : « Voulez-vous guérir ou non ? » Elle voulait guérir.

Il pratiqua ensuite l'acupuncture permanente. Florence fut criblée de petits clous (une cinquantaine répartis sur l'abdomen et le ventre) qu'il fallait recharger deux fois par jour avec un minuscule aimant. Bastien s'y employait avec sérieux. Ce carcan ajoutait démangeaisons et inconfort à la souffrance. Après trois semaines, dans la chaleur de l'été, Florence ne put plus le supporter. Elle en fit part au « génie » puisqu'il affirmait avoir vaincu des cancers. « Voulez-vous guérir ou non ? » répéta-t-il, accompagnant sa phrase fétiche d'un coup d'œil à faire rentrer sa victime sous terre. Et, dans la foulée, il s'en prit à ses confrères médecins qui jusque-là l'avaient soignée. Ça changeait avec lui ! On n'était pas dans une routine calamiteuse où les plus mercantiles simulent le plus grand dévouement ! Il levait les bras au ciel. La nullité et l'irresponsabilité ambiantes le consternaient. Davantage même : elles l'attristaient. Ses yeux se voulaient des yeux d'affligé mais il ne parvenait pas à maîtriser l'amertume qui rancissait en lui. Se croyait-il victime de quelque complot ? Il déversait un catalogue de griefs, de blessures d'amour-propre, d'aigreur, de préjudices, d'inimitiés qui débouchait sur une certitude : ne pas l'apprécier était signe d'inaptitude et d'envie. Oui tous ces minables l'enviaient ! Mais bientôt il tirerait sa révérence ! Une existence douillette l'attendait dans une île ! Il y avait acheté une maison. Il n'aurait plus à subir et à voir la médiocrité et la méchanceté du monde ! « Compte-t-il ne plus jamais se raser et ne plus contempler l'image que réfléchit son miroir ? » se dit Florence.

Le soir même, aidée de Bastien, elle retirait définitivement ses clous. Leur complaisance envers « le Bourreau » avait duré un mois et demi.

A dire vrai, ils ne se reprochaient pas toujours leur assujettissement. Des médecins méritaient, non cette humilité de réprouvés qui rabaissait Bastien, mais un infini respect. Les uns et les autres butaient sur les difficultés que leur posait la santé de Florence ; cependant, par petites touches, ils progressaient et se montraient modestes devant les forces obscures qui, accouplées aux diableries de la terre et des éléments, garrottaient leur patiente. Sans aller jusqu'à faire un sacerdoce du métier choisi (pour deux d'entre eux cependant Florence disait : « Leur ouvrirait-on le cœur, on y verrait des anges »), ils en étaient dignes. Soustraire aux décrets de la maladie l'être qui se fie à vous n'est pas pour certains un objectif que l'on se fixe à la légère. Qu'ils auraient aimé lutter face à face contre la fatalité ! Comme ils lui auraient mis le couteau sous la gorge et l'épée au ventre pour qu'elle lâche sa proie ! Mais comment s'opposer, à la loyale, à la fourberie ! Par quel moyen combattre, chez Florence, un mal clandestin qui ne la précipiterait pas plus vite dans les abysses où nous allons tous mais qui, en attendant, la mettait à la question !

L'un d'eux, aux yeux qui touchaient au ciel, rejetait tout ce qui empiétait sur la générosité. Florence se plaisait avec lui. Elle le sentait avide de savoir, triste d'en savoir si peu et toujours prêt à se mesurer à l'insondable pour aider autrui. Dans son âme veillaient charité et amour ; dans son sourire passait cette bonté que les vrais humbles préservent en eux, se jouant des corruptions du temps. Si de l'exigence envers soi naît la liberté, il était un homme libre.

L'amour que Florence et Bastien se portaient l'attendrissait. Il leur raconta, lors d'une visite, une histoire vieille de cent cinquante ans et la voix lointaine qui s'exprimait par sa bouche devint vivante, défiant les désinvoltures régnantes. Son récit commençait par l'évocation d'une lettre d'un jeune homme à une jeune fille.

Mademoiselle. Votre douce physionomie inspire la sympathie. Vous êtes belle, vous êtes aimée, et s'il n'y a pas d'indiscrétion à vous le dire, répondez à votre voisin. C'était signé Jules. Un post-scriptum plus long ramenait la lettre à un préambule. *S'il vous était impossible de partager ce sentiment d'amour que l'on éprouve à l'aspect d'une personne qui plaît, si votre cœur appartenait à quelqu'un, si mes espérances ne pouvaient se réaliser : soyez assez bonne mademoiselle pour m'avertir que je me suis trompé. En attendant croyez à l'expression sincère de mes sentiments les plus affectueux.*

— Eh bien, Jules César Auguste (il avait ces trois prénoms, preuve qu'à sa naissance ses parents voyaient grand) ne s'était pas trompé, commenta le docteur. Je suis l'arrière, l'arrière, l'arrière — je ne sais plus — petit-fils de Jules et de la jeune fille appelée Thérèse.

— C'est magnifique ! s'exclama Florence.

— Devinez-vous pourquoi je vous raconte ça ? demanda le bon docteur.

Il enchaîna aussitôt.

— Parce que je me dis que votre couple me paraît pur comme devait l'être celui de mes ancêtres, Jules et Thérèse, du siècle dernier.

Florence et Bastien rougirent sous le compliment.

— Il y a des moments où l'on voudrait que tout s'arrête, chuchota Florence.

Le court silence qui suivit fut un régal.

— On avait si soif dans le désert, en Algérie, qu'on se jurait de ne plus jamais refuser une invitation à boire un coup, fit Bastien trente secondes plus tard. Alors, depuis l'accident, on a si peu l'occasion d'être heureux qu'on s'en voudrait de ne pas profiter de ce moment que vous nous offrez, cher docteur.

— Notre métier se prête aux histoires. Il en est de sordides. Il en est de toniques comme celle de ce professeur émérite de quatre-vingt-treize ans qui craignait de perdre la mémoire. Insomniaque, il profitait de ses veilles pour réciter mentalement pendant des heures du Racine, du Musset, du Victor Hugo... Il en est aussi de très tristes qui paradoxalement me donnent des ailes. J'ai connu un homme qui écrivait à sa femme morte. Les lettres revenaient bien sûr à la maison. Il les gardait. « Peut-être un jour une de ces lettres se perdra, me dit-il. En vérité c'est parce qu'elle sera arrivée au ciel où mon épouse m'attend et où elle la lira. » Il ajoutait, avec cette innocence qui serre le cœur et attache l'esprit : « L'invraisemblable est monnaie courante dans la laideur. Pourquoi ne le serait-il pas dans le merveilleux ? » C'est cet homme encore qui calligraphiait le nom de sa femme sur les vitres de la fenêtre de sa cuisine quand, l'hiver, la buée les envahissait.

— Ecriras-tu mon nom sur une vitre couverte de buée quand je ne serai plus là ? demanda Florence.

Le docteur fit un geste de la main et ne laissa pas Bastien répondre.

— Vous serez là, fit-il. Et longtemps ! Et guérie !

Puis il ajouta avec une bienveillance invincible aussi apte à mettre en fuite la maladie qu'à faire d'un dragon un agneau :

— On ne va tout de même pas accepter que le voyou qui a failli vous ratiboiser ait le dernier mot !

Quand il fut parti, la lumière naïve qui rendait si beau son visage éclairait encore la pièce.

Un homme c'est peu de chose, songea Florence. Mais il y en a qui sont tout de même davantage que ce peu de chose ! Sans eux le monde périrait d'asphyxie.

Dans les princières floraisons du monde, le deuxième médecin aussi comptait. Homme du Sud à la face burinée, arrivé en France dans les années soixante, harnaché à son travail comme un animal de somme mais heureux de l'être, il était l'alliage parfait d'un esprit perpétuellement en mouvement et du bon sens qu'il tenait pour le contraire de la médiocrité. L'univers des mathématiques aurait pu être le sien ; il choisit la médecine de terrain. La tradition familiale l'emportait comme elle le porta à ne jamais considérer son métier sur le plan de la rentabilité.

« Il ne pouvait en être autrement, relatait-il. Quand mon grand-père, en Algérie, se rendait dans un foyer trop démuni, au lieu de réclamer l'argent de la consultation, il laissait quelques pièces sous l'oreiller du malade. »

Tourné vers l'avenir, il s'attardait avec plaisir sur le chemin des réminiscences. Il évoquait son père, médecin juif de nombreuses familles arabes : « Car souvent les Arabes, expliquait-il, ne veulent pas qu'un des leurs ausculte leurs femmes ou leurs filles. Considèrent-ils les Juifs non concurrentiels ? Qui le dira ? Enfin, il en était ainsi et mon père mit au monde des centaines et des centaines d'enfants arabes, ce qui lui permit de constater que beaucoup de nourrissons mouraient de tétanos. Les statistiques le confirmaient. Il réfléchit, observa et nota qu'à la naissance, les parents enduisaient le nombril des bébés de khôl. De quoi est fait ce khôl ? s'interrogea-t-il. D'un mélange de peinture rouge et de terre propice au bacille du tétanos. Il agit sur l'heure et fut l'instigateur d'une campagne qui ralentit cette pratique et sauva des milliers de vies, car ne nous y trompons pas, le respect de l'hygiène a modifié la longévité des populations plus que les progrès de la médecine. »

De son père — ami d'Albert Camus et de sa mère —, il parlait toujours avec émotion. « Pendant l'épidémie de peste, aux lendemains de la guerre, l'hôpital Mustapha d'Alger fut déserté par les toubibs qui craignaient pour leur existence. Mon père resta à son poste. Et le soir, quand il rentrait à la maison, il se réfugiait dans une pièce qu'il avait fait isoler. Toute la vie je me souviendrai du signe de la main et des baisers qu'il nous adressait à travers la vitre avant de se coucher. Personne chez nous ne fut contaminé et lui, malgré les risques pris, fut également épargné... »

Des histoires, il en savait des dizaines ! Depuis les prouesses de la microchirurgie, celles de l'artériographie cérébrale qu'il pratiquait, jusqu'aux comportements humains qui le fascinaient. Il avait toujours en mémoire la beauté d'une gitane de vingt ans, conduite à l'hôpital dans un état très grave. Deux décharges de chevrotines l'avaient affreusement marquée aux jambes. « C'est de ma faute. J'ai pris le fusil pour le nettoyer. J'ai été imprudente. Je me suis blessée », s'accusait-elle. Ce qui paraissait impossible. Mais elle persévéra dans ses déclarations. Elle mourut avec son secret, ce qu'elle croyait un secret. C'était son frère qui volontairement lui avait tiré dessus. On le sut très vite.

Il racontait encore l'arrivée à l'hôpital d'une vieille gitane que les siens vénéraient. Elle souffrait d'une grave affection carotidienne qui entraînait une insuffisance circulatoire peut-être rédhibitoire. « Si elle meurt, on vous tue », déclara le chef du clan.

« L'homme ne plaisantait pas. Nous sommes parvenus à la sauver. Mais pendant quarante-huit heures, dans le service, on n'en menait pas large. Je crois qu'il aurait mis sa menace à exécution. En revanche, quelle reconnaissance après ! J'étais devenu une manière de Dieu ! Ce qui n'est pas un rôle confortable, ajoutait-il en éclatant de rire. Des tas de gens collants que l'on ne connaît pas vous demandent des choses impossibles ! Et ça, nuit et jour. Un Dieu ne dort plus. »

— Qu'est-ce que j'aurais eu ?

La question interloquait Bastien. Florence la posait dès qu'elle se sentait mieux. La souffrance la modelait comme une glaise mais au moindre renversement qui la transférait des mains du tourment à celles d'un relatif bien-être, elle parlait de sa maladie au passé. Le bonheur se précipitait vers elle : l'attraction que l'on a pour une planète. Bastien était heureux et, simultanément, redoutait ces heures survoltées. Qu'en serait-il lorsque la planète de l'espérance qui pointait à l'horizon plongerait dans la brouillasse au lieu de filer à son zénith ? Châtiée par la désillusion, Florence retomberait d'autant plus haut qu'elle avait cru sortir du gâchis. C'est ce qui arrivait avec en prime un pessimisme propice à nier toute possibilité aux bons rêves de se convertir en réalité. La déchéance aurait le dernier mot. C'était inévitable. Le contrôle sur sa propre personne échappait à Florence.

Il fallait alors des heures et de la patience à Bastien pour la requinquer, redonner à ses muscles et à son esprit une détermination d'athlète, déblayer ses pensées des venimeuses scories.

Lui aussi se laissait bercer par l'euphorie. Ouf ! L'épreuve était terminée ! « Comme il est venu, se disait-il, le mal prend ses cliques et ses claques pour sévir ailleurs. Une autre victime fera les frais de son caprice puisque aucun rempart ne peut déjouer son besoin de nuire. » Mais quand, par-delà les ténèbres un moment éclairées d'autres ténèbres l'assaillaient, Bastien ne craquait pas longtemps. Il s'ébrouait et repartait de plus belle, louvoyant à travers les récifs de la déception. Il aurait de la force pour deux. Avec application. Avec une volonté sourde ou volubile selon les circonstances. Son étoile à lui c'était Florence. Nul ne l'en dépouillerait. Il fonçait, à la fois impulsif et réfléchi. Les mots du courage fleurissaient dans sa bouche, cravachant les nerfs, s'alliant aux mensonges s'il le jugeait nécessaire.

— Ça t'est facile à toi de ne pas perdre confiance. Tu ne souffres pas, hoquetait Florence comme si elle trébuchait en elle-même.

Il ne le contestait pas. Ce n'était pas lui qui oscillait des grands froids aux lueurs du réconfort, des outrages de la souffrance aux révoltes vite essoufflées. Cependant il insistait, tendre et ferme. « Réconcilier Florence avec son corps, ce corps qui lui fait tant de misères, est le but suprême », se répétait-il. Il y mettait sa constance, sa poigne, son cran, sa diplomatie et on ne sait quel atout venu de l'inconscient. Dans le combat souterrain qu'elle menait, il avait l'orgueilleuse impression d'être utile. Ah, si Florence pouvait se fortifier à ses dépens comme il l'accepterait avec reconnaissance !

— Je voudrais prendre ton mal... Tout ton mal comme une éponge absorbe l'eau, ressassait-il.

— Et moi je ne le veux pas ! Que je t'enchaîne encore davantage ? Non ! Je te fais assez de tort ! Tu ne peins plus ! Le viaduc d'Anthéor ? As-tu même commencé la toile ? Tu n'entreprends aucun travail ! Serais-tu capable à présent de reconstruire une voiture, de faire un modèle réduit comme la Mountain ou un rouleau compresseur ? Serais-tu capable de rebâtir « Chut ! » ? En aurais-tu même le désir ?

— Pourquoi pas ?

— Tu mens.

— Je ne mens pas. Mais il y a des priorités ; aujourd'hui c'est ta santé, aujourd'hui...

Il s'interrompait. Qu'ajouterait-il qu'il n'ait déjà

dit ? Il ouvrait ses bras. Certaines fois Florence le fuyait, comme si elle se gardait de lui. Il connaissait ça. Il la poursuivait. Courroucée, elle lui tournait le dos. Il la priait : « Regarde-moi ! C'est ensemble qu'on foutra en l'air cette chiennerie, qu'on lui tordra le cou. » Il plaçait sa tête contre sa poitrine. Elle s'y réfugiait à contrecœur. Il la berçait, essuyait ses larmes. Les liens se renouaient. Elle s'abandonnait.

— Revivra-t-on, un jour, comme avant ? demandait-elle pour la centième fois.

Il la rassurait pour la cent unième fois. Il essayait. Selon les saisons, il revenait du potager avec des courgettes, des haricots, des poireaux, des roses. Il avait l'air bien emprunté, sur le pas de la porte, avec ses légumes et ses fleurs.

— Tu vois que je continue à entreprendre, disait-il. Qui travaille au potager et au jardin ?

— Toi, Bastien ! Mon Bastien !

Un élan la transfigurait. Ses yeux retrouvaient leur profondeur. Sa chair palpitait.

— C'est toi qui as le goût des fruits que l'on cueille sur l'arbre et le parfum des fleurs et des légumes que l'on fait pousser soi-même, répliquait-il.

— Tu es bête.

Oui, il se sentait bête. Il était tout ce qu'elle voulait — idiot, crétin, gugusse, clown involontaire — pourvu qu'elle resplendisse comme au lac de Mille-Fonts, comme elle avait toujours su resplendir avant qu'un scélérat ne la précipite dans la fournaise.

— Ça fait quinze jours... Ça en fait seize !... Dix-sept... Vingt...

Ah, il les comptait ! Il n'avait pas le souvenir de les avoir comptés autant en Algérie, en attendant la quille. Dans le bled, la perspective du retour définitif à Nice sans uniforme militaire le menait. Ici, c'était la quête désespérée d'un soulagement enfin permanent.

— Vingt et un... Vingt-deux... Vingt-cinq... Trente...

— Ne dis rien Bastien... Ne compte plus...

Elle était craintive. Trente jours que la douleur, qui avait si longtemps résisté à tout, décanillait. Oh, elle se rebiffait la salope ! Elle possédait ses camps retranchés et même de la mobilité quant au choix de ses lieux de sévices avec en plus cette fatigue latente si dure à éjecter. Mais quarante, cinquante pour cent de moins, c'était inimaginable ! Un mirobolant résultat. Florence en était là.

Elle l'avait toujours dit : « A soixante pour cent de souffrance je me prends en charge. A cent pour cent, il y a des heures où on ne peut plus se dominer... Notre pouvoir sur nous-mêmes est amputé. »

Que s'était-il passé ? Comment l'expliquer avec précision ? Elle tentait d'analyser. Elle revoyait le type de toubib qui définit la maladie, la traite avec sa batterie pharmaceutique et contemple son client du haut de sa chaire : la maladie l'intéresse ; pas le malade. Malgré leur superbe qui irritait tant Florence, ces infatués avaient-ils été utiles ? Et à quoi avaient servi les conflits avec les docteurs dont on perçoit bien qu'ils se retiennent de prononcer les mots « exagération » ou « hystérie » — ils sont au bord de leurs lèvres — alors que plus d'écoute et de compréhension arrondiraient les angles. Si encore un voile de tristesse humanisait leurs yeux ! On se dirait : « Tiens, ce ne sont pas de mauvais bougres. Ils ont du cœur. » Mais, côté cœur : que dalle ! Et leurs jugements, ne s'exprimeraient-ils que par sous-entendus, atteignent le malade dans le reste d'estime qu'il conserve de lui-même, cette estime mise à mal chaque jour, chaque nuit, parce que le pauvre se sait dépendant de son entourage. La douleur le dépouille de son autonomie. Il n'est plus le maître de son existence. De se voir trop assisté l'humilie dans les sombres heures du découragement. Il ne contribue plus à la marche de la maisonnée ; il l'entrave. Il guette autour de lui les signes de ras-le-bol. De hauts murs se dressent entre lui et les autres. Quelle comédie lui joue-t-on ?

« Trente-six... Trente-sept... »

Bastien essayait de lire dans les pensées de Florence.

— Crois-tu que rien ne se perde ? demandait-elle de temps à autre.

— Pourquoi dis-tu ça ?

— Je passe en revue les médecins et les charlatans qu'on a rencontrés. Les nuls et les suffisants que rien ne trouble : en quoi ont-ils pu m'aider ?

— Peut-être qu'en redoublant de colère contre eux, tu as accru ta révolte contre la souffrance.

« Trente-huit... Trente-neuf... »

Bastien tenait toujours à préparer le petit déjeuner à Florence et le lui servir. Mais ce n'était plus un être retranché du monde, une pauvre chose assise au bord du lit, se massant les bras, les jambes, les reins, la poitrine, le ventre, pressant son front, sa mâchoire, dans des gestes mécaniques, presque des gestes de déments, qu'il voyait en entrant dans la chambre. C'était la Florence souriante des jours anciens se baladant sur les chemins de crête d'une complicité heureuse. Le « Madame est servie » résonnait avec humour comme naguère. Les connivences majeures et minuscules étaient revenues dans leur orgueilleux défi aux tragédies de la vie. Bastien surveillait cette métamorphose, tremblant qu'elle ne se rétracte.

« Quarante... Quarante et un... »

Parfois Florence le surprenait dans la cuisine, s'asseyait sur ses genoux.

— Que c'est bon de reprendre un peu possession de soi ! répétait-elle. Je revois les objets, l'Artiste, Pitchounette et toi, mon Bastien... Toi !

L'émotion lui coupait la parole.

— Tu ne vas pas pleurer parce que tu vas mieux !

Elle riait et des larmes coulaient sur ses joues.

— Au début, M. Georges me rendait cette vision nette des choses. Mais ça ne durait pas. A présent, la trêve se prolonge.

— Bientôt, on parlera d'armistice puis de paix.

« Quarante-trois... Quarante-quatre... »

Que s'était-il passé ? La question rengaine revenait. Est-ce la juxtaposition de multiples expériences, un petit progrès s'ajoutant à un autre ? Les massages profonds, doux et prolongés d'une amie, les séances d'acupuncture d'une autre ? Une rééducation des muscles de la mâchoire ? Les drainages lymphatiques ? Les recherches pointilleuses et personnalisées sur la nutrition ? La lucidité ou le coup de chance de deux professeurs qui se surpassaient dans la gentillesse tant le cas de Florence les attristait et aiguisait leur curiosité ?

« Quarante-six... Quarante-sept... »

« Je ne vous guérirai pas mais je vous améliorerai », avait promis un des professeurs. Elle aurait bien voulu la fin sans appel de l'injuste expiation ; mais les jours de répit qui s'installaient n'était-ce pas déjà beaucoup ?

« Beau front... Beaux yeux... Beau nez... Bouche d'argent... Menton fleuri... »

Bastien, penché sur Florence, lui baisait le front, les paupières, le nez, la bouche, comme sa mère le lui faisait quand il était tout enfant. Après le menton, il enfouissait son visage dans le cou de Florence, la chatouillait.

« Arrête. Tu es fou, mon amour... Mon petit garçon. » Ils s'amusaient. Ils habitaient de nouveau le pays de cocagne. Tout reparaissait simple et facile. Elle soulevait sa tête et le regardait.

— Je regarde mon visage dans tes yeux, dit-elle un matin. Elle ajouta : Mais je ne me noierai pas comme Narcisse dans le lac.

— Pourquoi ? Parce que j'ai les yeux moins limpides que l'eau ?

— Non. Parce que l'image que tu as de moi est si belle que je n'en crois rien... Inutile que je me penche à l'excès pour mieux m'extasier sur ma personne... A la vérité, c'est toi qui me fascines, mon Bastien... Et je suis juste à la bonne distance pour te voir !

Qui résisterait à cette confiance, au tremblement de sa voix, à cette fragilité éperdue semblable à celle d'un oiseau pris de peur, à cet amour qui pousse à croire qu'on s'élève au-dessus de tout ? C'est ce que se disait Bastien en la serrant fort, en la picorant, en l'embrassant. Et sa bouche ne s'arrêtait pas aux paupières, au menton, au cou.

A présent, c'était l'hiver. La nuit était tombée. Des vapeurs enveloppaient la Tête-de-Chien, ce roc qui domine La Turbie. La mer scintillait d'étoiles et de blancheur lunaire car, au-dessus d'elle, le ciel était vierge de tout nuage. A l'éternelle voix du vent se mêlaient les voix de quelques corbeaux fourbus. Bientôt ils se tairaient. Florence et Bastien, serrés l'un contre l'autre, observaient les flammes. Des ombres dansaient sur les murs de la salle à manger de « Chut ! ». Dans la cheminée, le bois crépitait. L'Artiste et Pitchounette dormaient, emboîtés l'un dans l'autre. L'hiver, la nuit, le firmament, la lune, la femme, l'homme, le vent, les corbeaux, les animaux domestiques, l'odeur du feu : tout était si vieux et si jeune puisque toujours renaissant. Demain, à l'aube, le condor réapparaîtrait, portant sur ses ailes le soleil et son quotidien de triomphe.

— A quoi penses-tu mon petit garçon ?

— A toi. A ton renouveau. Aux rires d'avant. Ils

semblaient n'avoir plus d'avenir et voilà qu'ils ressuscitent.

— Ne nous réjouissons pas trop vite. Le mal est toujours là, si présent, latent.

Florence se blottit davantage contre son « petit garçon » ; le mouvement ne fit pas plus de bruit qu'un froissement de pétales.

« Ne nous réjouissons pas trop vite », redit-elle. Puis elle s'allongea sur le canapé, la tête reposant sur le haut des cuisses de Bastien. Le craquement des bûches, le caprice des flammes augmentaient la valeur du silence. Bastien songea à ce cantique qui parvint à ses oreilles, un matin, à l'heure de la messe. Il peignait le clocher d'une église au loin, très loin, dans une vallée. Il était seul sur une route. A quelle fantaisie se livra le vent ? Dans le silence, s'éleva le chant des fidèles : un murmure intime et léger comme le chuchotement d'une confidence. Les voix semblaient si proches, pourtant, qu'on pouvait croire à une intervention divine. Le charme dura jusqu'à ce que le vent emporte ailleurs la bonne parole. Comme il était venu, le chant se tut.

Dans la pièce, près de la cheminée, le crépitement des bûches, aussi, commençait à cesser. Bastien aurait voulu alimenter le feu. Il n'osait se déplacer. Florence s'était endormie. Il regarda son visage ; la flamme mourante l'éclairait. « Ne nous réjouissons pas trop vite. » C'était tantôt elle, tantôt lui qui freinait l'enthousiasme. Ils avaient si peur que le monstrueux grouillement de l'extrême souffrance revienne : cette peur rongeait le cœur de Bastien. D'un côté, la maladie de Florence l'avait affaibli et usé : il pensait qu'il ne pourrait plus supporter, chez elle, une recrudescence folle du mal. De l'autre, une fois encore, il se disait que grâce à elle il vivait et vivrait plus pleinement puisque la triste figure de sa propre mort ne l'effrayait plus. C'était la fin de la suprême hantise. Les jours succédant aux nuits ne remettaient pas en question le miraculeux viatique.

Florence remua. Un instant plus tard ce n'était plus son visage qu'elle montrait mais sa nuque, sa nuque, autrement dit la beauté du monde. Une seconde encore et le baume de sa bouche effaça toute pensée, toute considération, toute lassitude. Elle fut lenteur, minutie, délicatesse. Le seul geste qu'il eut fut d'enserrer de sa main gauche cette nuque qui bougeait à peine. Et c'est ensemble qu'ils crièrent. La toute-puissance de l'amour éclatait.

— Humaniste et chrétien, je réprouve la violence. Mais la tolérance aussi relève de ma sensibilité. Alors, quand je constate combien la brutalité devient de plus en plus journalière, je veux savoir ce qui incite un homme à placer une bombe, cet autre à tout casser. Celui-là a voulu tuer : doit-on le mener au poteau d'exécution sans tenter de découvrir ce qui l'a transformé en un bloc de haine ? Celui-ci éventre, brûle, se déchaîne, fracasse, profane : pourquoi ces gestes gratuits car il n'en tire aucun profit ? Terrorisme et vandalisme disposent de troupes. Elles sont criminelles. Mais le pouvoir politique et économique qui les a conduits à ces extrémités n'est-il pas autant coupable ? Pourquoi emprisonner les uns et laisser les autres continuer leur œuvre délétère avec en plus une bonne conscience ou une mauvaise conscience de repus qui augmentent la désespérance des bannis du bien-être ?

— Nous sommes dans une société du paraître. Nous sommes dans une société qui fabrique l'envie comme nulle autre depuis le commencement de la mémoire. Dans une école du XXe arrondissement de Paris, à la question : « Quel métier voulez-vous faire ? » de nombreuses filles ont répondu : « mannequine » et « show business ».

— Show business ?... Mannequine ?...

— Oui : show business pour chanteur ou chanteuse, et ne dit-on pas écrivaine, doctoresse ?... Je reviens à mon propos. Cette volonté d'être quelqu'un, cette fringale même de l'inutile — surtout de l'inutile — devant des vitrines gorgées de marchandises, cette convoitise face aux images de magazines avec des femmes et des hommes superbes et des invitations au luxe engendrent des flots d'insatisfaction que l'on aura de plus en plus de mal à endiguer.

— Vouloir être quelqu'un n'est pas une innovation... Gorki raconte qu'un paysan russe qui avait assassiné plusieurs de ses pareils expliqua le carnage par ces mots que je cite de mémoire : "Avant ma faute, je n'étais personne. On m'ignorait. Quand le démon a armé mon bras et que j'ai agi, je suis devenu visible pour moi-même et pour les autres."

— Aujourd'hui lorsqu'on arrête des jeunes qui balancent des cocktails Molotov contre des bus, ils confessent n'avoir eu aucune raison de commettre ce geste sinon le désir de faire parler d'eux.

Florence et Bastien écoutaient et regardaient le

chauve aux cheveux longs, le costaud à la tenue d'un débraillé étudié, l'homme aux lunettes de révolutionnaire russe, qui s'entretenaient à la télévision. Ils étaient, chacun à sa manière, les porte-drapeaux de l'intelligence et de l'indulgence. Idéalistes, agitateurs ou malins, on les sentait, comme dit le proverbe, disposés à s'agacer de ceux qui crient « au feu » et à s'apitoyer sur ceux qui l'allument.

L'un d'eux martela :

— On ne soulignera jamais assez que la haine la plus froide, la plus absurde, la plus inutile, la haine de l'exclu inapte au repentir prend ses sources dans un ouragan de lave, de cendres et de détresse qui émeut. Oui : qui émeut, car elle est comme un cri.

« Laissez venir à nous les tordus », murmura Bastien.

Un autre invité, comme endimanché dans son costume marron, aux yeux de myope, un pli volontaire crispant le coin de sa bouche, évoqua le calvaire d'une mère de famille. Elle s'apprêtait à prendre sa voiture, tenant son enfant dans les bras, quand un inconnu tira sur elle. Des trois balles de revolver, une seule l'atteignit. Ce fut assez pour la rendre infirme à jamais. Il parla d'une directrice d'école contrainte d'abandonner son poste un trimestre. Sa faute ? Avoir alerté la police car un élève identifié avait dévasté une classe. Ce ne fut pas du goût des parents. Le lendemain, ils rossèrent l'enseignante...

Un homme pensif et d'une grande force apparente lui coupa la parole :

— Ce sont là faits divers qui n'ont aucune résonance historique.

La caméra s'arrêta sur un sixième intervenant

aux sourcils touffus et aux mains fortes. Il enchaîna d'un air convaincu :

— Ils sont l'œuvre d'excités isolés qui appartiennent à toutes les époques.

— Sauf que dans cette école primaire comme dans d'autres des quartiers populaires et de certaines banlieues, des faits de ce genre se multiplient et que, naguère, un gosse qui aurait commis de tels délits aurait eu plus à redouter de ses parents que de la directrice d'école... Sauf que la mère de famille blessée vit dans une cité où l'on brûle et vole les voitures comme avant des réglisses à l'étal d'une boulangerie, où l'on canarde souvent les gens sans viser ou en visant celui qui a le malheur de se trouver là... Plus vous logez dans ces quartiers, plus vous devenez répressif. Vous souhaitez que la loi fasse son boulot. C'est tout.

— Vous oubliez que ceux que vous considérez comme des fauteurs de troubles sont eux-mêmes des êtres en souffrance qu'il convient d'aider. C'est en les aidant qu'ils évolueront et que l'on transformera leur mental. Ça s'appelle une renaissance, répliqua le révolutionnaire à lunettes.

— L'autre soir, un gardien de la paix a été écrasé car il avait fait signe à trois conducteurs de voitures qui se livraient à un rodéo de s'arrêter. Les voitures avaient été volées ; le gardien de la paix est mort ; les pilotes étaient tous récidivistes. Interrogés, ils ont accusé le flic d'imprudence. En s'interposant, il s'exposait. Il ne faut jamais négliger cette vérité : les pervers sont d'une adresse diabolique : ils recherchent toujours l'erreur dans le comportement de leur victime. S'ils ne trouvent pas de faille, ils en inventent une et y accrochent leur argumentation... Quant à la renaissance, je doute qu'elle s'offre au pauvre type qui gît dans sa tombe.

— Vous usez de la corde sensible, vous faites de la démagogie, accusa le chauve aux cheveux longs.

« Si l'on éteignait ? fit Florence. Ces tables rondes ne mènent à rien. Ceux qui sont en première ligne entendent le fracas d'un monde qui s'écroule ; les autres, dans leurs divagations douillettes, n'ont qu'une vue abstraite de la violence. Comme ils ne pâtissent de rien, ils sont toujours prêts à tout comprendre, à tout admettre. »

Bastien obéit. Il pensa : « L'étron qui a failli nous tuer a-t-il regardé, peinard, sous un autre toit, la même émission que nous ? » Il sentit du vitriol couler dans ses veines.

Dans l'obscurité, Florence se coula contre lui. Il y eut un long silence qui semblait porter le deuil des jours heureux.

— On devrait céder « Chut ! ».

Ce n'était pas la première fois qu'il abordait ce sujet depuis l'abominable nuit où indigence d'esprit, force sauvage, folie, la chair de la chair du mal s'étaient ligués pour anéantir leur bonheur. Avant même que la foudre ne les poignardât, il avait perçu la menace des barbares. Abdou était un de ceux qui pouvaient en témoigner. Cependant, chaque fois, Florence éludait la question. Pourquoi capituler devant la méchanceté ? Pourquoi s'incliner face aux roulures qui rompent les digues de l'amour ? Abdou disait-il autre chose quand, déjà, Bastien lui faisait part de ses craintes et voulait abandonner « Chut ! » ? Florence mit un temps à répondre.

— Déménageons, finit-elle par articuler sans aucune révolte.

Bastien aurait voulu percevoir dans sa voix les nuances les plus fugitives que comportaient ces syllabes : « Déménageons ». Il y renonça.

— N'auras-tu pas de regrets ?

— Non. Dans le fond, depuis l'accident, sans vouloir me l'avouer, je m'y plais moins.

Ce fut dit comme un blasphème et ce fut tout.

— « Chut ! » ne te manque pas ?

Abdou et Romuald interrogeaient Florence. Ils ne comprenaient pas ce chambardement et surtout la sérénité avec laquelle Bastien et elle l'avaient décidé. Aucune orgie de nostalgie. Aucune apparente blessure de l'âme. Aucune vertigineuse descente dans le ressentiment avec le risque qu'il ne devienne leur entêtante raison de vivre. Ils avaient bataillé pour arracher de la désolation une ruine que les immondices gagnaient car on aime jeter des détritus ou chier à l'abri des vieux murs. Ils n'y habitaient plus. Une page était tournée. Voilà tout. Bastien s'était remis à peindre. Il avait repris la guitare ; il chantait du Brassens, jouait et rejouait *Nuages* de Django. Il refit des desserts comme avant. Il n'y a que la voiture qui avait fini à la ferraille, sauf l'écusson où était gravé le nom de Florence.

— Non. « Chut ! » ne me manque pas, fit-elle d'un ton neutre.

La maison ne manquait pas non plus à l'inusable Pitchounette car Hercule, son amoureux transi, ne venait plus à leurs rendez-vous. Les mois et les années, fuyant à tire-d'aile, l'avaient emporté. Seul l'Artiste regrettait sa belle montagne. Les promenades au jardin des Deux-Rois, le long du canal de Gairaut, sur les pentes du mont Chauve, au cap Ferrat, aux arènes de Cimiez, au château, sur les hauteurs de l'aire Saint-Michel, sur le plateau du mont Boron ne les remplaçaient pas, encore que l'âge avait calmé son impétuosité. L'ourson turbulent affamé d'air était devenu casanier.

— Ce que je retiens, c'est que grâce à la cession de « Chut ! » et à la vente des modèles réduits de la Mountain et du rouleau compresseur à des collectionneurs, nous avons pu acheter l'appartement où nous sommes et payer nos dettes. La maladie coûte cher. N'est-ce pas une victoire ? « Chut ! » a converti son passage dans nos vies en gaieté et en richesse, dit encore Florence.

Elle raconta l'histoire d'un passant qui s'était interposé car un jeune homme attaquait une vieille personne pour lui dérober son sac. Au lieu de fuir, le jeune homme s'était retourné contre le passant. Celui-ci avait répliqué. Deux coups de poing eurent raison du voyou qui, par malheur, se blessa mortellement en tombant. Sa nuque avait heurté le tranchant du trottoir. Comble du malheur aussi, l'agresseur était un gitan. Venger sa mort devint impératif pour les membres du clan ; la reconnaissance n'est pas leur unique obsession. Ils pistèrent celui qui, par accident, avait tué un des leurs et crurent être parvenus à leur fin quand ils abattirent un automobiliste. Il avait la même voiture rouge, la même corpulence, la même couleur de cheveux et apparemment le même âge que le défenseur de la vieille dame. Mais ce n'était pas lui.

Erreur sur la personne ! Tant pis pour le malchanceux ! Quant au passant et à sa famille, ils ont dû quitter leur domicile. La police n'aurait pu les protéger. Un représentant de la justice connaît leur adresse. Il est leur unique lien avec la France. Ils vivent à l'étranger. « Eh bien, conclut Florence, nous avons de la chance. Celui ou ceux qui ont provoqué indirectement notre départ de “Chut !” ne nous poursuivent pas de leur haine. »

Romuald et Abdou la regardèrent. L'acharnement du sort n'avait donc pas maté l'ironie en Florence ! Ils allaient éclater de rire ; son visage grave les en dissuada. Elle était toujours disponible pour l'amitié, elle pouvait ne pas étouffer une repartie, mais avec une incroyable ténacité, le mal souterrain avait assombri ses traits, entravé sa naturelle gaieté. Ah, l'insignifiance de tout face à la douleur ! Il est des calices que la lie a trop remplis. De leur dépôt, malgré les larmes répandues, on ne se défait pas. Les trop-pleins de souffrance se complaisent dans ce bourbier, continuerait-on, loin des duretés de l'heure présente, à observer les étoiles.

Quand le temps aura passé et que quelques-uns encore, sur terre, auront connu Florence et Bastien, il n'est pas certain qu'ils parleront d'eux. A quoi bon évoquer des ombres en des années que l'on pressent de moins en moins sentimentales, de plus en plus avides de rapidité et de spectaculaire ?

Mais si, d'aventure, par exception, il leur arrivait d'y songer comme on songe à une vieille mélodie qui un matin vient à nos lèvres, il est permis de supposer que leurs voix s'élèveront pour fredonner simplement :

« Florence et Bastien, Bastien et Florence, ah, comme ils s'aimaient ! »

Montmartre, le 4 novembre 1997.

Remerciements

Ce livre doit beaucoup à Alain Ducoté, mécanicien de route, passionné de locomotion à vapeur, peintre, sculpteur, paysan, artisan de génie, guitariste, fou de Brassens et de Django Reinhardt. Qu'il reçoive ici l'expression de ma grande reconnaissance. Mes remerciements vont aussi à Jean-Louis Heudier, l'astronome auteur de *L'Homme et les étoiles*.

L. N.

Imprimé en France
FRHW011203271021
28851FR00012B/139

9 782246 541714